KB234911

엄마, 없다

끌레마

김민아 소설

끌레마

차례

엄마, 없다

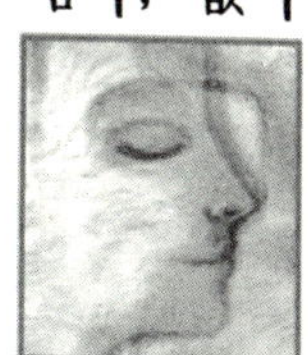

모두 외출을 하고 나 혼자 남겨졌을 땐 크게 소리 내 울었어요. 끝도 없이 울었어요. 그때 내 울음소리는 고아원에 있던 열 명의 아이들이 한꺼번에 울어 제칠 때의 울음소리와 똑같았어요. 나는 알았어요. 이 너른 세상에 오로지 혼자라는 막막함을 느낄 때 포효하는 짐승 같은 울부짖는 소리가 난다는 것을. 그렇게 서럽게 한 아이가 울어대면 똑같은 막막함을 느낀 아홉 명의 아이들도 같이 울 수밖에 없다는 것을.

미나는 식탁 위에 디지털카메라와 스프링 수첩 한 권을
올려놓았다. 주머니에서 만년필도 꺼냈다.

"웬 만년필?"

"인터뷰할 땐 이렇게 하는 거야."

"그런 건 어디서 봤어?"

"『명탐정 셜록 홈즈』. 아빠 트렌치코드 입고 싶었는데 참
았어."

"알았어. 시작해."

"진지하게 해야 해."

"응."

"이건 단순한 수행평가가 아니야. 재미삼아 하는 가족 인

터뷰도 아니고. 엄마와 나의 자서전 같은 거라고."

"알았다고!"

"그럼, 시작할게."

"응."

"엄마의 이름은 무엇인가요?"

"윤선미입니다."

"엄마는 올해 몇 살인가요?"

"서른아홉입니다."

"엄마는 언제 결혼했나요?"

"음, 첫 번째를 말하는 겁니까? 두 번째를 말하는 겁니까?"

"아, 이런. 그냥 두 번째로 하세요. 그리고 두 번 한 거
자랑 아닙니다."

"예, 헤헤. 서른셋에 했습니다."

"엄마는 나를 언제, 어디서 만났나요?"

"5년 전, 작은 보육원에서 만났습니다."

"나에 대한 첫인상을 말해주세요."

"약간 고집스러워 보였지만 사랑스럽고 예뻤습니다."

"진짭니까?"

"진짭니다."

"엄마는 많은 아이들 중에서 왜 나를 데려올 생각을 했나
요?"

"아, 그게 말하자면 좀 복잡한데, 얘기할까요?"
"네, 하십시오."

❖

그때 나는 한 살이 조금 넘었습니다. 정확히는 13개월이었죠. 미혼모, 그러니까 어린 나이에 아이를 가진 언니 같은 엄마가 나만 남겨두고 도망치듯 떠나버린 그곳에서 나는 엄마를 처음 보았습니다. 매일 울던 내가 엄마를 보는 순간 신기하게도 울음을 뚝 그치고 눈물이 그렁그렁한 눈으로 웃더라지요. 회한이 가득한 어른의 눈을 하고서 말이에요. 엄마는 그때 이 녀석이다 싶었대요. 엄마와 난 그렇게 만났습니다.

아빠가 운전하는 차를 타고 집으로 오는 길, 엄마가 나를 품에 꼭 안고 "우리 아기" 하고 낮게 속삭일 때 엄마와 나는 우리가 모르던 시간에 이미 사랑하던 사이라는 걸 알았습니다. 차가 도착하면 함께 살게 될 집이 안온하고 고즈넉한 공간이 될 거라는 것도요. 갓 태어난 아이가 엄마와 애착관계를 맺지 못하면 대상관계에 문제가 있다거나 세상을 부정적으로 받아들일 수 있다는 심리학자들의 말은 믿지 않기로 했습니다.

아, 물론 그 점을 전혀 걱정하지 않은 건 아니지만 외로웠던 생후 13개월은 이제부터 시작될 엄마와의 핑크빛 날들이 충분히 보상해줄 거라고 믿었기 때문이죠.

엄마는 이미 엄마가 배 아파 낳은 두 딸도 정성으로 키웠습니다. 그러니 엄마는 나의 '어린 엄마'처럼 낳은 아이를 어쩔 줄 몰라 팽개쳐버리는 그런 짓은 절대 할 수 없는 사람이라는 겁니다. 엄마는 두 친딸을 키우던 예전의 기억을 되살려 저에게도 그 섬세한 양육의 손길을 드리우면 되는 거지요. 엄마는, 스스로는 물론이고 주변에서도 아이를 무척 잘 키우는 사람이라고 여겼기 때문에 아무도 엄마가 나를 입양해서 키우는 걸 걱정하지 않았답니다.

한때 아빠의 사업이 휘청거리는 바람에 경제적으로 어려운 시절이 없었던 건 아니지만 당시 위기를 잘 넘겨 아빠는 안정적인 사업가가 되었고, 엄마 아빠에겐 크진 않아도 그럴듯한 집도 한 채 생겼습니다. 작아도 서울에서 집 한 채를 가지고 있다는 게 어떤 의미인지는 아시죠? 언니들은 다소 무료해진 엄마의 삶에 어린 아이가 어떤 즐거움을 줄지 알았기 때문에 제가 집에 오는 걸 적극 환영했다고 하네요. 한마디로 이 집은 교양 있는 사람들이 사는 곳이었습니다.

새 집에서의 나날은 그야말로 천국의 날들이었습니다. 엄마는 나의 손짓 발짓 하나에도 모든 감각을 기울여 나를 읽어냈습니다. 분유를 먹이다가도 내가 엄마를 빤히 바라보면 "그만 먹고 싶다고?" 하고 물었고, 내가 팔을 벌려 위 아래로 흔들어대면 "지금 기분이 매우 좋으니 밖에 나가고 싶다고?" 하며 외출 채비를 했습니다.

미나는 혹시 그 심정을 아나요? 아이들은 대개 한 아이가 울면 따라 웁니다. 옆에 누워 있는 아이가 왜 우는지 모르지만 우는 곡조에 담긴 서러운 정서를 그대로 느껴버리기 때문에 따라 우는 겁니다. 이 집에 오기 전에 머물던 고아원에는 내 또래 아이들이 열 명 있었지만 우리를 돌봐줄 엄마는 두 명뿐이었습니다. 엄마들은 대개 바빠서 종일 우리만 돌볼 수 없었습니다. 엄마들은 밖에서 우리를 만나러 오는 아저씨 아주머니를 맞이해야 했고, 복잡한 서류도 작성하는 것 같았습니다. 그래서 우리는 몇 시간이고 혼자 버둥거리는 시간이 많았습니다.

바쁜 엄마들은 우리가 울면 누가 우는지, 왜 우는지 알지 못했습니다. 아이가 너무 심하게 울면 그저 급하게 아이를 안아 올려 잠시 얼러주다가 다시 눕혀놓고는 사라졌죠. 그런 무심한 돌봄에 익숙하던 내가 내 몸짓 하나하나에 반응하는 엄마를 만났으니 어땠겠어요?

엄마는 부엌일을 하느라 나와 잠시 떨어져 있을 때도 내가 혹시 심심할까 봐 라디오를 틀어놓고 노래를 따라 부르며 나를 보고 웃었습니다. 나는 엄마가 나를 보고 웃을 때마다 그 미소가 너무도 따뜻하고 달콤해서 가슴에 사무치도록 좋다는 말이 어떤 뜻인지 알 것 같았어요.

돌이 막 지난 나는 서툴게 걸을 수 있게 되었지만 엄마는 기꺼이 나를 안아주었습니다. "자, 어부바" 하면서 너른 등을 내보이며 업어주었고, 잠에 겨워 자꾸만 눈꺼풀이 감기려고 할 땐 폭신한 엄마의 가슴에 고개를 묻게 했습니다. 그 가슴에 얼굴을 묻고 있을 때 들리던 엄마의 심장박동. 그 울림은 이전 생에 꼭 어부였을 것만 같은 나의 엄마 아빠가 고기를 잡으러 먼 바다에 나갔다가 뭍으로 다시 돌아올 때 무사귀환을 알리는 뱃고동 소리처럼 아득하고 아름다웠습니다. 그 울림은 학교가 파하기가 무섭게 항구로 달려나가 엄마 아빠가 돌아오길 기다리는 나의 심장 소리이기도 했습니다. 나는 그 소리가 듣고 싶어서 늘 엄마의 가슴에 안겨서 자길 좋아했습니다. 엄마는 새털처럼 부드러운 손길로 내 머리를 쓰다듬으며 "자장 자장, 우리 아가~" 하며 노래를 불러주었습니다. 그런 평온한 시간은 온전히 우리 둘만의 시간이길 바랐습니다.

아빠도 언니들도 내게 무척 친절했지만 그들이 나를 안아준대도 나는 엄마만 찾았습니다. 언니들은 무거워진 나를 엄마가 종일 안고 있으면 "야, 우리 엄마 힘드니까 그만 괴롭히고 내려와" 하고 놀렸지만 나는 못 들은 척했습니다. 나도 나 때문에 엄마가 힘든 건 싫지만, 언니들이 그러는 건 엄마가 자기들보다 나를 더 좋아하니까 질투하는 거라고 생각했습니다. 그 정도는 나도 압니다. 자기들은 충분히 다 받고 자랐으면서……. 하여간 받아본 것들이 더 합니다.

나는 그렇게 엄마를 사랑했습니다. 그 일이 있기 전까지요. 엄마가 나에게 주었던 황홀한 미소와 달콤한 밀어. 그것은 온전히 나만의 것이어야 했습니다. 하지만 내 앞에 펼쳐질 생이 그렇게 녹록지 않으리라는 것은 우리가 놀이터에서 자주 하던 '엄마, 없다' 놀이를 하며 알았습니다. 엄마는 종종 미끄럼틀 뒤나, 책 읽는 소녀의 동상 뒤에 숨기 전에 나를 보며 "엄마, 없다"를 외쳤습니다. 그러면 방금까지 보이던 엄마가 정말 사라지고 없었습니다. 정말 이상하게도 그 말만 하고 나면 엄마는 사라졌습니다. 아, 처음에 나는 얼마나 울었는지요. 엄마는 코까지 빨개지며 우는 내가 우스워서 배를 잡고 웃었습니다.

"우리 아기, 왜 울어? 엄마 여기 있는데. 엄마도 아기 때에 엄마의 엄마와 이 놀이 하면서 놀았어. 엄마는 재미있는데 우리 아기는 재미없어? 슬프기만 해?"

그래서였을까요? 엄마는 이 놀이를 참 좋아했습니다. 나는 이 놀이가 질색이었지만 엄마가 환하게 웃는 모습이 좋아서 싫은데도 꾹 참고 했습니다. '엄마, 없다' 놀이를 할 때 엄마는 잠깐씩 먼 하늘을 바라봤습니다. 그때 엄마도 엄마의 엄마가 그리웠던 겁니다. 나는 엄마가 그렇게 추억에 잠기는 게 좋았습니다.

하지만 '엄마, 없다' 놀이를 하고 돌아온 날은 너무나 피곤했습니다. 더는 엄마가 없어지지 않는다는 안도감 때문인지 긴장이 풀리면서 나도 모르게 스르르 잠이 밀려왔습니다. 그런 날은 배도 고프지 않았습니다.

나는 무럭무럭 자랐습니다. 네 살이 되었을 때 엄마가 가르쳐준 세상의 모든 말은 곧 나의 말이 되었습니다. 말이 말을 타고 달리는 것처럼, 나의 말은 그렇게 거침이 없었습니다. 엄마가 잠들기 전에 몇 번이고 읽어주던 명작 소설을 통째로 외워두었다가 집에 놀러온 사람들에게 그대로 들려주어 자주 그들을 놀라게 했습니다. 그들은 나를 영재라고 부추기기도 했습니다. 엄마는 "영재는 무슨" 하며 웃었지만 엄마의 미소에는 뿌듯함이 배어 있었습니다.

나는 세상의 모든 말들이 궁금했습니다. 언젠가는 엄마와 나의 관계를 표현해줄 많은 말을 만들어서 엄마를 기쁘게 해주리라고 마음먹었습니다. 네 살이 되자 아빠와 언니들은 나를 유치원에 보내야 한다고 했지만 엄마는 "조금더 있다가" 하며 우리 둘만의 시간을 연장시켰습니다.

나는 엄마가 그러실 줄 알았습니다. 엄마도 우리 둘만의 시간을 좋아할 줄 알았습니다. 그런 우리 사이를 못된 아빠와 언니들이 이간질하려 들다니요. 그들은 정작 엄마 인생의 기쁨과 희망은 이제 당신들이 아니고 나라는 걸 더는 견딜 수 없었던 걸까요? 그래서 나를 엄마에게서 떼어놓으려 했을까요?

'나쁜 사람들.'

마음속에서 처음으로 분노가 일었습니다. 엄마가 언니에게 가져다주라고 과일 접시를 주면 나는 그 과일에 얇게 침을 발랐습니다. 언젠가 텔레비전 드라마에서 어떤 아저씨가 자기를 괴롭히는 사람을 골탕 먹이려고 음식에 침을 캑 뱉는 걸 본 적이 있었습니다. 나도 침을 캑 뱉어보려 했지만 어려서 그런지 많이 나오지 않았습니다. 그래도 내가 할 수 있는 최고의 양을 발랐습니다. 언니에게 조금 미안하기도 했지만 나를 바라보며 씰룩거리던 언니의 얼굴을 떠올리니 미안함이 금세 가셨습니다.

말만큼이나 신기한 것이 시간이더군요. 네 살에 머물러 있으면 좋으련만 왜 굳이 다섯 살이 되어야 하는 겁니까? 다섯 살 여자아이에게는 또래 친구가 필요하다고 언니들이 하도 성화를 부려 나는 정말 유치원에 가야 할 운명에 처하고 말았습니다. 내가 유치원에 가기 싫다고 우니까 엄마가 말했습니다.

"일곱 살이 되면 학교도 가야 하는데, 친구들은 다 아는 한글하고 산수를 너만 몰라서 놀림 당하면 어떻게 해? 나는 우리 딸이 뭐든 잘하면 좋겠는데."

나는 마음속으로 이렇게 말했습니다.

'엄마, 나는 말을 잘하잖아요. 그리고 기억력도 좋잖아요. 글도 금방 혼자서 익힐 수 있을 거예요. 그렇지만 엄마가 원한다면 유치원에 갈게요.'

나는 그렇게 엄마와 한시도 떨어져 있지 않던 3년의 시간을 마감하고 첫 사회생활을 시작했습니다.

유치원에서의 생활도 나쁘진 않았습니다. 코흘리개 동생들이 다가와 놀아달라고 떼를 쓸 땐 살짝 귀찮기도 했지만 아기 때 내 생각도 나고 해서 친절하게 대해주었습니다. 물론 이런 나를 유치원 선생님은 의젓하다고 칭찬해주었고요. 나는 학습능력도 좋아서 선생님이 그날 가르쳐주는 대부분을 바로 외워버렸습니다. 이유는 오로지 하나, 집에 돌아가 오늘 배운 모든 것을 엄마 앞에서 멋지게 보여주고 싶었기 때문이었죠. 그러면 엄마는 "눈에 넣어도 아프지 않을 똑똑한 내 새끼" 하며 좋아했습니다.

엄마가 매일 내 발표를 들어주니 유치원에 가는 것도 좋아졌습니다. 나는 친구도 많이 사귀었고 놀이에서는 아이들을 이끄는 대장이 되기도 했습니다. 그 자신감은 도대체 어디서 나왔을까요? 아, 세상은 정말 살 만하고 아름다웠습니다.

그런 내게 그날이 찾아왔습니다. 만약 신이 존재한다면, 내 인생에 예정되어 있으면 절대 안 되는 날이었습니다. 그날도 유치원이 끝나자마자 나는 부푼 가슴으로 집에 돌아왔습니다. 마당에 들어서자 화단을 따라 가지런히 자리 잡은 키 작은 데이지들이 나를 보고 웃고 있었습니다. 나는 허리를 숙이고 손을 뻗어 꽃잎을 어루만졌습니다. 데이지 꽃잎은 어린아이의 볼처럼 부드러웠습니다. 큰 소리로 "하나, 둘, 셋"을 외치며 여섯 개의 계단을 콩콩 뛰어 올랐습니다. 현관문을 열고 평소처럼 "엄마!" 하고 불렀습니다. 그러면 엄마는 일을 하다가도 한달음에 달려와 저를 안아 올렸거든요. 그런데 그날은 엄마가 나오지 않았습니다. 현관에 놓인 신발 중엔 엄마 것도 아빠 것도 언니 것도 아닌, 모르는 어른들의 신발이 놓여 있었습니다.

신발을 한참 바라보고 있을 때 엄마가 나왔습니다. 나는 엄마를 보는 순간 "악" 하고 소리를 지를 뻔했습니다. 엄마가 어떤 남자아이를 안고 있었기 때문입니다. 엄마는 예전에 나를 안던 것처럼 그 아이를 편안한 자세로 안고는 내게 보내던 미소를 그 아이에게 지어 보였습니다. 내게는 어서 들어오라는 눈짓만 했습니다. 나는 너무 놀라서 그 자리에 얼어붙는 것 같았지만 재빨리 생각을 가다듬었습니다.

'친척이나 엄마 친구의 아이일 거야.'

엄마가 다른 아이를 안아주는 건 참을 수 없을 만큼 화가 나는 일이지만, 그 아이가 잠깐 놀러왔고 얼른 돌아가 준다면 그 정도는 봐줄 수 있는 일입니다. 아, 그래서 어른들의 신발이 많이 있던 거였어요. 나는 괜한 걱정을 신발과 함께 벗어던지고 거실로 들어섰습니다.

가방을 내려놓고 평소에 하던 대로 "엄마, 오늘 배운 거……"라고 하는데 엄마가 말했습니다.

"우리 아가, 그건 조금 있다가 하자. 너도 이리 와서 앉아."

거실 소파에는 엄마와 아빠, 언니들이 앉아 있었고 맞은편에는 남자 어른과 여자 어른이 앉아 있었습니다. 엄마가 나를 맞이하느라 이야기가 잠시 끊긴 것 같았습니다. 모르는 남자 어른이 말했습니다.

"사진으로 보신 것보다 좀더 자랐습니다. 사실은 오늘 아이 엄마가 함께 와서 인사드리고 고마움을 표하겠다고 약속했는데, 아마 자신이 없었던 모양이에요. 아침에 전화가 왔더군요. 못 가겠다고."

엄마가 말했습니다.

"괜찮아요. 못 오는 그 마음은 어떻겠어요."

이번에는 모르는 여자 어른이 말했습니다.

"이해해주셔서 감사합니다. 아이를 둘씩이나 입양한다는 게 쉬운 일이 아닌데, 첫 아이가 나쁘지 않으셨나 봐요?"

나는 이 모든 말이 무슨 말인가 싶어 어리둥절했습니다. 엄마가 말했습니다.

"나쁘지 않은 정도가 아니라 정말 좋았어요. 저 아이가 얼마나 사랑스럽고 예쁜지 키우는 3년 내내 아주 행복했어요. 딸만 셋을 키우다 보니 아들 키우는 재미도 느껴보고 싶더라고요. 저 아이가 이제 다섯 살이라 많이 자랐고 요즘은 유치원을 다니니까 제가 할 일이 많이 줄었어요. 사실 또 아이를 입양해서 키운다는 게 힘들지 않을까 망설였는데 제가 아이를 좋아하고 우리 딸들도 제가 아이 키울 때 제일 행복해 보인다고 해서 용기를 냈어요. 아마도 이렇게 예쁜 아이를 만나려고 그랬던 모양이에요."

나는 다시 정신이 얼얼해졌습니다. 나는 팽개친 가방을 들고 안방으로 뛰어 들어갔습니다. 그 자리에 계속 있으면 목놓아 울어버릴 것만 같았습니다. 엄마 침대에 엎드린 채 생각해봤습니다. 어찌하여 이런 일이 생겼을까? 주먹을 움켜쥐고 침대를 쾅쾅 내리쳐 봐도 알 수 없었습니다. 그러다가 마침내 알았어요. 아, 유치원! 유치원이 문제였어요. 어쩐지 처음부터 가기 싫더라니. 내가 유치원을 가고 나니 엄마는 내가 두세 살 때의 시절이 그리워져서 그때처럼 어린 아이를 다시 고른 겁니다. 그 빈자리를 메우려고. 그렇다면 답은 간단하지요. 내가 유치원을 그만두고 엄마와 있으면 되는 거예요. 예전처럼 엄마가 다시 나를 안아주면 되는 거지요. 다시 나를 위해 바쁘게 일을 하는 거예요. 이유식을 만들어 먹이고, 놀이터에서 함께 놀고, 책을 같이 읽고 말이에요.

'엄마, 나는 하루 종일 '엄마, 없다' 놀이를 할 수도 있어요. 엄마를 바쁘게 해줄 놀이는 내가 수도 없이 만들어낼 수 있어요. 정말이에요. 엄마.'

하지만 엄마는 내 목소리를 듣지 못했습니다. 아니 듣지 않았어요. 물론 엄마는 남자아이가 들어온 후에도 예전과 다름없이 나를 대해주었어요. 그렇지만 내게로만 향했던 그 미소, 그 눈빛은 이제 모두 그 아이의 것이 되었어요. 내게는 다만 친절하실 뿐이었지요.

'아, 어떻게 이런 일이, 어떻게 내게……. 이토록 빨리, 이토록 쉽게 사랑을 거두어가다니요.'

믿을 수가 없었습니다. 아니 믿고 싶지 않았어요. 나는 이 모든 상황을 받아들일 수가 없어서 울었어요. 내가 너무 많이 우니까 엄마는 처음에는 달래다가 나중에는 당황하는 것 같았어요. 그리고 내게 지금의 상황을 설명하려고 했습니다.

"선미야, 너도 동생이 생기면 좋잖아. 같이 놀 수도 있고."

'무슨 말이에요. 아니에요. 말도 안 돼요. 내가 언제 동생을 원했어요? 엄마, 나는 동생이 필요 없어요. 엄마, 나는 엄마만을 원해요.'

그때 나는 밥도 안 먹고 울었어요. 잠도 안 자고 울었어요. 엄마를 미워하는 척하려고 일부러 아빠만 찾기도 했어요. 엄마가 나를 보면 고개를 휙 돌려버렸지요. 그런 내 행동에 엄마는 진심으로 마음 아파하는 것 같았습니다. 나는 엄마가 더 많이 아프길 바랐어요. 어서 그 쓸모없는 남자아이를 다시 보내버릴 만큼. 하지만 내가 엄마를 외면할수록 엄마도 나를 보지 않으려 했어요. 아, 이건 또 예상에 없던 일이었어요.

'엄마는 니 같은 아이가 아니잖아요, 엄마는 어른이잖아요. 그러니까 나랑 똑같이 하면 안 되는 거잖아요.'

하는 일마다 실패고, 낭패였습니다. 나는 그때 너무 마음이 아파서 엄마 옆에 누워서 잘 수도 없었습니다. 이미 엄마의 왼쪽 팔, 예전의 내 자리에 그 남자아이가 누워 있었기 때문이에요. 엄마가 그 아이 쪽으로 몸을 돌려 나를 등질 때 그때 엄마의 등은 더 이상 나에게 어부바를 하던 따스한 등이 아니었습니다. 그 등은 세상으로부터 나를 지키는 바람막이가 아니라 앞으로 내가 만나게 될 세상이라는 벽이었어요. 나는 매일 밤 숨죽여 울었습니다. 나중에는 엄마가 내가 우는 걸 싫어하는 것 같아서, 더는 엄마에게 내 자리는 없을까 봐 소리 내 울지도 못했습니다.

모두 외출을 하고 나 혼자 남겨졌을 땐 크게 소리 내 울었어요. 끝도 없이 울었어요. 그때 내 울음소리는 고아원에 있던 열 명의 아이들이 한꺼번에 울어 제칠 때의 그 울음소리와 똑같았어요. 나는 알았어요. 이 너른 세상에 오로지 혼자라는 막막함을 느낄 때 포효하는 짐승 같은 울부짖는 소리가 난다는 것을. 그렇게 서럽게 한 아이가 울어대면 모두 똑같은 막막함을 느낀 아홉 명의 아이들도 같이 울 수밖에 없다는 것을.

미나의 아빠와 나는 모든 검사를 다 하고, 할 수 있는 일을 다 해보았지만 우리 힘으로 아이를 가질 방법은 없다고 의사 선생님이 말했습니다. 미나의 아빠는 입양은 어떠냐고 조심스럽게 물었습니다.

'입양. 입양…….'

나는 속으로 가만히 입양이라는 말을 되뇌어 보았습니다. 그러자 그 단어에서 어떤 향기가 나는 것 같았어요. 가을에서 겨울로 넘어가는 길목에서 서성대는 쓸쓸한 바람의 향기, 가을걷이가 끝난 논에 가지런히 쌓인 볏짚에서 나던 고소한 향기, 친구들과 한참을 정신없이 놀다가 엄마가 부르는 소리에 모두 다 떠나버린 골목에 혼자 남았을 때 옆집 굴뚝에서 피어오르던 밥 짓는 향기.

오래전 그 기억을 이 향기들과 함께 날려 보낼 수 있을지, 그때의 나와 같은 아이에게 엄마가 되어 "어부바" 하며 내 등을 내밀 수 있을지 걱정이 되었습니다. 그렇지만 할 수도 있을 것 같았어요.

여러 사람들에게 물어물어 작은 보육원을 찾아갔습니다. 그곳에서 미나가 엄마와 아빠를 기다리고 있었지요. 엄마와 아빠는 미나를 보자마자 첫눈에 반했습니다. 그렇게 우리는 가족이 된 겁니다. 이상입니다.

❖

"아, 너무 길어서 다 적지 못했습니다."

"죄송합니다."

"뭐, 대략 이해는 했습니다. 그러니까 엄마가 나를 데려온 이유는 엄마도 입양된 적이 있어서다, 뭐 그런 겁니까?"

"아, 꼭 그렇다기보다……. 그럴 수도 있고 아닐 수도 있습니다."

"음, 조금 어렵군요. 이번엔 쉬운 질문을 하겠습니다. 엄마는 나를 사랑합니까?"

"네, 말로 표현할 수 없을 만큼 많이요."

"다음 질문부터는 이렇게 짧게, 단답형으로 말씀해주십시오. 아까처럼 길게 말하면 레드카드 드리겠습니다."

"알겠습니다."

"잠깐 쉬는 시간을 갖겠습니다. 똥 누고 와서 다시 하겠습니다."

터치 마이 소울

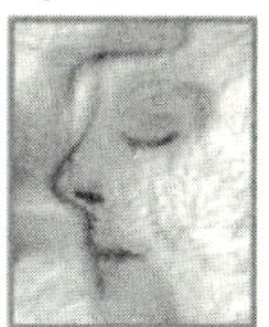

경진이는 또래에 비해 좀 남달랐다. 우선 긴 팔과 긴 다리를 가졌다. 무용처럼 피부도 하얬다. 그런 경진이와 모든 것이 평범한 내가 어떻게 단짝이 되었는지 모르겠지만, 나는 당시 배우던 한자성어에서 진한 우정을 일컫는 말은 모두 우리에게 해당한다고 믿었다.

미나가 화장실에 간 사이 미나의 스마트폰에 "띵—" 하고
문자가 떴다.

담탱이 불쌍하잖아, 만날 학주한테 쿠사리나 먹고.

이쪽에서 답이 없으니 잠시 후 다시 "띵—".

뭐라고 말 좀 해봐. 그냥 확 사귀어버릴까?

답을 재촉하는 문자. 자판이 낯설어서인지, 내 손가락이
굵어서인지 자꾸 글자가 겹쳐서 써졌다.

ㅇ ㅓ? 뭘

쓰는 데 한참 걸렸는데, 오자까지 났다.

븅신. 어제 다 말했잖아? 담탱이가 나 좋아하는 거 같다니깐~.

그때 화장실에서 물 내리는 소리가 났다.

"엄마, 화장지 좀 갖다 줘. 다 떨어졌어."

등나무를 휘감은 담쟁이 넝쿨이 바람에 "솨—" 하고 일제히 흔들렸다. 경진이와 나는 등나무에 나란히 기대앉아 발을 까닥거렸다.

"테이크 잇 이지 위드 미 플리이즈, 터치 미 젠틀리 라이크 썸머 이브닝 브리이즈. 자, 해봐."

"테이크 잇 이지. 위드. 미 프리."

"아니, 아니. 그렇게 딱딱 끊어서 부르면 안 되고 부드럽게 이어지듯이. '플리이즈'는 들릴 듯 말 듯 작게. 글자가 점점 작아지다가 끝엔 사라지는 느낌으로. 제목 그대로 안단테하게 말이야. 자, 다시 해봐."

"야, 너무 어려워. 노래도 축축 처지는 것 같고."

"축축 처지는 게 아니고 착착 달라붙는 거야. 잠 안 올 때 눈 감고 이 노래 듣고 있으면 잠이 솔솔 온다니까. 당장 오늘 저녁에 불 꺼놓고 한번 들어봐."

"아무리 그래도 내 안무하고는 안 맞지 않아?"

"아니야. 네 안무는 우아하기 때문에 아바의 이 노래가 딱 어울려. 두고 봐. 너 A 받을 테니까."

"넌 무슨 곡으로 할 거야?"

"난 〈플래시 댄스〉의 주제곡 〈왓 어 필링〉. 영화에 나오는 주인공 안무를 매일 연습하고 있어. 제인이 팔을 쭉쭉 뻗어 올리면서 심사위원들 앞으로 힘차게 걸어나올 때 진짜 신나. 아, 제인이 신었던 그런 타이즈 사야 하는데."

재단 이사장은 돈이 얼마나 많은지 남자 고등학교를 짓고, 여자 고등학교를 짓더니 여자 중학교까지 지었다. 온통 담쟁이로 뒤덮인 빨간색 벽돌 건물이 여중이고, 병원처럼 생긴 하얀색 건물이 여고, 여중 바로 앞에 선 우중충한 회색 건물이 남고였다. 여중에는 뛰어서 한 바퀴를 도는 데 10분쯤 걸리는 운동장과 당시로선 보기 드문 체육관, 축제를 열 수 있는 연회관이 있었고, 푹신한 매트리스가 이중으로 깔린 무용실, 그랜드 피아노를 갖춘 음악실이 있었다. 화장실의 물도 제대로 나오지 않는 주변의 낡은 학교들은 생긴 지 2년밖에 안 된 호화로운 우리 학교를 부러워했다.

정규 교과목 중에는 무용도 포함되어 있었다. 이사장의 '새끼손가락', 이른바 애인이 무용 선생이라서 학교에 무용실을 만들었고, 무용 수업이 생겼다는 믿거나 말거나 식의 소문이 떠돌았다. 소문의 진원지는 여선생님들이 모여서 도시락을 먹는 여교사 휴게실과 남선생님들이 모여서 담배를 피우는 남교사 휴게실이었다. 하지만 무용이 흐트러진 머리를 추스르며 이사장실에서 나오는 것을 봤다는 3학년 언니의 제보가 퍼지자 그건 소문이 아니라 사실이 되어버렸다.

무용은 이론 수업은 거의 하지 않고 주로 무용실에서 실기를 가르쳤다. 책을 안 봐도 된다는 것만으로도 우린 좋았다. 무용은 목이 사슴처럼 길었는데 긴 생머리를 하나로 묶어 돌돌 말아 올린 뒤 가운데에 비녀인 양 연필을 꽂아넣으면 안 그래도 긴 목이 더 가늘어 보였다. 목 아래 곧게 뻗은 양 갈래의 쇄골은 깻잎머리 중학생 여자아이들이 절대 들어갈 수 없는 여인의 세계처럼 느껴졌다. 프랑스에서 발레를 전공했다는 그녀는 복도를 걸을 때도 날아갈 듯 까치발로 걸었고 아이들은 그녀 뒤를 몰래 뒤따르며 그 걸음을 흉내 냈다.

"하나 둘 셋, 하나 둘 셋."

무용이 우아한 자태로 시범을 보일 때면, 아이도 여자도 아닌 그저 조무래기일 따름인 우리는 "와~, 와~" 하며 탄성을 내질렀다. 파도가 밀려와 바위를 치고 돌아갈 때 나는 소리처럼.

그럴 때마다 그녀는 두 손을 곧게 쭉 뻗어 올리고, 고개를 더 바짝 치켜들고 측면으로 살짝 돌려 최대한 높이 비상했다. 돌이켜보면, 그녀는 수업을 한 게 아니라 자신을 위한 작은 공연을 했고, 우리는 무용실 벽에 걸린 큰 거울에 불과

했다. 억울함을 따져 묻기엔 시효가 이미 지났지만 어쨌거나 그녀는 1학기에 두 번, 2학기에 두 번 아이들에게 안무를 짜오게 하고 그걸로 점수를 주었다.

나의 〈안단테 안단테〉는 그러니까 안무를 짜기 위한 춤곡이었다. 내가 아바의 노래는 〈댄싱 퀸〉밖에 모른다고 했더니 자칭 팝 칼럼니스트인 경진이가 이 곡을 골라주었다.

"곡도 중요하지만 가사가 중요해. 지그시 눈을 감고 들어봐. 너를 사랑해주는 어떤 손길을 느낄 수 있을 거야."

아바의 카세트테이프를 더블 데크의 왼쪽에 넣고 오른쪽에는 공 테이프를 넣어 〈안단테 안단테〉를 연속 녹음했다. 녹음은 2배속으로 전혀 안단테하지 않게 되었다. 테이프 한 면에 전부 이 노래를 넣고 테이프가 늘어질 때까지 듣다 보면 안무가 자연스럽게 떠오를 거라고 경진이가 말했다. 하지만 연속 녹음된 테이프를 두 번쯤 들었을 때, 안무가 떠오르기는커녕 졸음이 몰려왔다. 아무래도 이 곡에 맞추려면 명상이나 요가에 어울리는 안무를 짜야 할 것 같았다.

경진이는 또래에 비해 좀 남달랐다. 우선 긴 팔과 긴 다리를 가졌다. 무용처럼 피부도 하얬다. 그런 경진이와 모든 것이 평범한 내가 어떻게 단짝이 되었는지 모르겠지만, 나는 당시 배우던 한자성어에서 진한 우정을 일컫는 말은 모

두 우리에게 해당한다고 믿었다. 관포지교, 지란지교, 죽마
고우, 단금지교, 그리고 수구초심.

"수구초심? 땡! 그건 아니지."

"왜 아니야? 친구가 어려운 일을 당하면 초심으로 돌아가
지키고 구한다. 지킬 수, 구할 구."

"갖다 붙이기는. 초심은 맞지만 수는 머리 수(首)에 구는
언덕 구(邱) 거든요. 여기선 보통 여우라고 하는데, 짐승도
죽으면 머리를 고향 쪽으로 놓는다고 해서, 근본을 잃지 않
는다는 뜻이야."

"오, 경진 씨. 요즘 한문 공부 열심히 하나 봐. 무용도 열
심, 한문도 열심이니 이제 영수만 잘하면 되겠네?"

사실, 영수는 내가 더 걱정이다. 영수는 잘하고 싶은 마음
이 들다가도 그 '밥맛'들 때문에 도저히 잘할 수가 없었다.
예컨대 영어는 숙제를 안 해온 아이들을 교단 앞에 불러 세
워 두 손을 나란히 뻗게 한 후 텔레비전에서 뽑아온 안테나
로 손톱을 때렸다. 많이 맞은 아이는 다음날 손톱이 까맣게
죽었다.

차라리 손톱을 맞는 게 낫다고 생각되는 수업도 있었다.
바로 수학이다. 공포의 '깜지'는 손톱이 아니라 영혼을 까맣
게 물들였다. 깜지란 종이가 까맣게 될 때까지 글자를 가득
채워 넣는 것을 말하는데, 그날 틀린 문제의 공식이나 문제

풀이 과정 따위를 적어야 했다. 쪽지시험에서 틀린 문제 개수 곱하기 10이 그날 분 깜지 숙제였다. 스무 개 문제 중에 다섯 개를 틀리면 50장, 열 개를 틀리면 100장. 만일 숙제를 못하면 다시 100장 추가. 쪽지시험은 거의 매일 치렀기 때문에 일주일에 1000장씩 깜지를 써야 할 때도 있었다.

기하급수적으로 불어나는 깜지와 매 시간 내리치는 안테나를 피해 경진이와 나는 음악과 무용, 한문 뒤에 숨었다. 그 수업들은 매 맞을 일도 없을 뿐더러 재미도 있었다. 경진이는 특히 한문을 좋아했다. 과목과 선생님을 둘 다. 굳이 따지자면 선생님을 훨씬 더.

"한문 선생님이 부르셔. 금방 다녀올게. 조그만 기다려줘."

24평 주공아파트 203동에 경진이가 살고, 마주 보는 202동에 내가 살았다. 우리는 매일 함께 손을 잡고 30분을 걸어서 학교에 왔고, 집으로 돌아갔다. 그 즈음 부쩍 한문이 경진이를 교무실로 불러들였다. 금방 다녀온다는 경진은 어떤 날은 30분, 어떤 날은 1시간이 지나도 오지 않았다. 늘 붙어다녔기 때문에 혼자 가버릴 수는 없었다. 나는 빈 교실에 앉아 〈안단테 안단테〉를 부르기도 하고, 깜지 숙제도 했다. 깜지 때문에 연필을 쥔 손바닥이 시꺼멓게 물들곤 했다.

"많이 기다렸지? 미안. 이제 가자."

"뭐 하는데 이렇게 오래 걸려?"

"내가 선생님한테 모르는 한자를 물어보기도 하고, 선생님이 나한테 궁금한 거 물어보기도 하고."

"한문이 너한테 궁금한 게 뭔데?"

"별 거 아냐. 가자."

"어제도 30분 넘게 있었잖아?"

"우리 집에 가자. 엄마가 너랑 먹으라고 아침에 샌드위치 만들어놓고 나가셨어."

아, 보드란 샌드위치. 식빵 사이에 달걀과 토마토를 넣고 빵 한 면에 달콤한 딸기잼을 바른 샌드위치는 언제나 나를 사로잡았다. 경진이는 엄마, 언니와 함께 살았다. 여자 셋만 살아서 그런지 집안에는 늘 은은한 화장품 냄새가 났고, 그들이 둘러앉아 먹는 아침과 저녁은 서구적이었다. 우유와 식빵, 어떤 날은 쿠키까지.

'음, 매혹적이야~.'

내가 샌드위치의 부드러움에 한껏 도취되어 정신을 반쯤 놓았을 때 경진이가 물었다.

"선미야, 너 가슴이 콩닥콩닥 뛰어본 적 있어?"

"응?"

"가슴이 뛰어본 적 있냐고?"

“있지. 100미터 달리기할 때, 죽어라 뛰고 나면 진짜 죽을 거 같잖아. 그렇게 달려도 항상 22초야. 난 진짜 운동신경이 없나 봐. 지난번 중간고사 체육 점수도 바닥이었어.”

“아니, 그런 거 말고. 설레듯이 좋은 거.”

“아, 그런 거? 그런 거라면, 있었지. 우리 엄마 처음 봤을 때.”

“뭐? 엄마 보고 가슴이 뛰었다고?”

“헤헤, 그런 게 있어.”

“선미야, 나 한문 보면 가슴이 콩닥콩닥해. 나도 모르게.”

“너 요새 자꾸 보더니 정들었나 보다. 한문이 그렇게 좋아? 너 작년에는 국어 좋아서 쓰러졌잖아.”

“그때랑은 달라. 그땐 1학년이었잖아. 지금은 내가 좀 컸거든. 국어는 한문과 비교도 안 돼. 국어가 귀엽다면 한문은 뭐랄까, 좀더 원숙한 느낌? 음, 농밀한 느낌?”

“농밀이 뭐야?”

“진하고 밀도가 높다는 뜻이야.”

“호들갑은. 그러다 금방 다른 과목 좋다고 난리지.”

“그럴까? 근데 분명한 건 네가 이선희 좋아하는 거랑은 다르다는 거야. 암튼 그런 게 있어.”

경진이가 좀 헤픈 데가 있긴 했다. 어찌나 감정이 풍부한

지 나도 감당이 안 될 때가 있었다. 우리는 매일 보면서도 아침에 혹은 저녁에 연필로 꾹꾹 눌러 쓴 편지를 주고받았다. 내가 영어와 수학이 오늘 나를 얼마나 집중적으로 괴롭혔는지를 적었다면 경진이는 어느 날은 윤동주의 시를, 어느 날은 노래 가사를, 어느 날은 자기가 지은 시를 편지지 여백까지 넘치게 적었다. 편지를 끝마칠 때는 '선미야 사랑해', '내 사랑 선미 ♥♥', '선미 알라뷰' 같은 사랑 표현도 넘쳤다. 대야의 물이 넘치듯 철철. 경진이는 한마디로, 사랑이 많은 아이였다.

내게는 단지 사랑이 많아 보이는 그 아이가 다른 친구들은 별로 탐탁지 않았던 모양이었다. 경진이가 잘난 척한다고 싫어하는 아이도 있었고, 예쁜 척한다고 미워하는 아이도 있었다. 선생님들이 예뻐하니까 자기가 정말 예쁜 줄 안다고 손가락질하는 아이도 있었다. 내가 늘 경진이와 붙어 다니니까 내게는 말하진 않았지만, 삼삼오오 모여서 놀던 아이들이 내가 다가가면 빠르게 흩어질 때 '아, 지금 경진이를 욕하던 중이었구나' 하는 정도는 알게 되었다.

청소를 후다닥 끝내고 남는 10여 분 동안, 아이들은 창문에 매달리듯 걸터앉아 노래를 부르거나 맞은편 남자 고등학교 교실에 손거울을 반사하며 놀았다. 거울에 반사된 강렬한 빛줄기가 까까머리 남고 학생들의 이마에 꽂힐 때 그들은 미치광이처럼 날뛰며 휘파람을 불어댔다.

"여어~ 귀염둥이들."

오빠들은 꼭 발정난 개가 꼬리를 흔들 듯 손을 높이 흔들었다. 요란한 휘파람 소리와 반사된 태양 빛은 꽤나 잘 어울렸다.

은경이가 한 오빠와 연신 거울 빛을 주고받으며 내게 말했다.

"들었어?"

"뭘?"

"경진이 이야기."

"경진이, 뭐?"

"몰라? 한문하고."

"한문이랑 뭐?"

"매일 붙어 다니면서 모르는 척하는 거야? 이렇게 짜한대?"

"뭐야? 돌리지 말고 말해."

"애들이 봤대. 이틀 전에 학교 앞 공터에서 둘이 껴안고 있는 거."

"뭐? 말도 안 돼."

"왜 말이 안 되냐? 한문이 경진이를 교무실로 줄기차게 부른 게 6개월이 넘는데. 그것들 눈꼴시게 붙어 다니더라니."

100미터를 22초에 뛰는 내가 경진이가 있는 2학년 3반으로 내달리는 데는 10초도 안 걸린 것 같았다. 뛰는 동안 1반과 2반이 옆에서 휙휙 사라졌다. 3반에 도착했을 때 경진이는 없었다.

"어디 갔니?"

1학년 때 같은 반이었던 미라를 잡고 물었다.

"경진이? 걔는 바쁘신 몸이라 쉬는 시간에는 늘 자리에 없어."

'경진아, 왜 학교 전체가 너를 미워하는 거야. 네가 뭘 하고 다니는지 왜 나만 모르는 거지? 내가 네 등잔 밑이야?'

"왜 울어?"

"……."

"왜 우냐고?"

"선미야, 나 어떡해. 엄마가 내 일기장 보셨어."

"뭘 썼는데?"

"그 사람 이야기."

"그 사람? 그 사람 누구? 한문?"

"응."

"뭐라고 썼는데?"

“…….”

“응? 뭘 썼냐고?”

경진이를 다그치는 내 목소리가 이상하게 떨렸다.

“그가 내 입술에…… 입 맞추었다고. 심장이…… 멎는 줄 알았다고.”

‘한문이 입을 맞추었다고? 서른이 넘은 선생이 열다섯 살 중학교 2학년 여자아이 입술에 제 입술을 댔다고?’

“엄마가 오늘 선생님 만나러 학교에 오실 거래. 어젯밤에 많이 우셨어. 내가 아니라고, 거짓말이라고, 내가 선생님 좋아해서 혼자 상상한 거라고 했는데 기어이 오시겠대. 나 어쩌지? 선미야, 나 어쩌지?”

학교가 발칵 뒤집혔다. 교무실로 곧장 달려가 한문 선생님 책상 앞에 우뚝 선 경진이 엄마는 한문의 멱살을 잡아 끌어올렸다.

“너, 이 개자식. 내가 내 딸을 어떻게 길렀는데. 나 혼자서 그 아이를 어떻게 길렀는데. 감히 내 딸한테 네가 무슨 짓을 한 줄 알아? 네가 그러고도 선생이야?”

교무실의 선생들은 아무도 경진이 엄마를 말리지 못했다. 아니 말리지 않았다. 친구들이 경진이를 싸늘하게 대하는 것처럼, 선생들은 한문을 그렇게 대하고 있었다. ‘기어이 올

것이 왔구나' 하는 얼굴들이었다.

잠시 후 교장 선생님이 달려왔고, 빠르게 대책반이 꾸려졌다. 보상 문제가 오가는 것 같았다. 경진이 엄마는 보상은 필요 없고 한문 같은 인간은 다시는 아이들을 가르쳐선 안 된다고, 그런 인간은 잘라야 한다고 말했다. "잘라야 해, 잘라야 해요"라는 말이 교장실 밖으로 새어나왔다. 아이들은 교장실 문에 귀를 바짝 들이대고 있다가 "한문 조만간 짤리게 생겼다"라며 '짤'에 힘을 주어 말했다.

한문은 '짤'리진 않았지만 그 학기에 정직을 받았다. 그게 학교가 한문에게 주는 벌인 것 같았다. 나는 경진이가 한문을 볼 수 없게 된 게 다행이라고 생각했다. 마주칠 때마다 얼마나 힘들겠는가. 하지만 경진이 생각은 다른 것 같았다.

"선미야, 나 그 사람이 보고 싶어."

"너 정말 정신 안 차려? 네 엄마 병나는 거 보고 싶어서 그래?"

"엄마 생각하면 이러면 안 되지 싶다가도, 보고 싶은 걸 어떻게 해. 미치겠어. 꼭 한 번 물어보고 싶어. 정말 나를 좋아한 게 아닌지? 정말, 나를…… 가지고 논 건지. 엄마가 그러더라. 선생님이, 내가 예뻐서 잠깐 정신이 나갔었다고 했대. 엄마가 그럼 우리 딸을 가지고 논 거냐고 물었더니, 선생님이 처음엔 아니라고 하더니 나중엔 그렇다고 하더래.

그런데 말이야, 나는 믿을 수가 없어. 그 사람이 아바의 〈안 단테 안단테〉 노래를 들려주면서 여름 밤 부드러운 바람처럼 젠틀하게 나를 대해주었거든. 그 사람은 나를 가지고 놀지 않았어. 난 확인하고 싶어. 정말 그랬는지. 그것만 알면, 살 수 있을 것 같아."

그렇게 경진이가 바짝바짝 말라가는 동안 한문은 사라져 버렸다. 집에는 중국으로 연수를 받으러 간다고 거짓말을 하고.

경진이는 더 이상 내게 편지를 쓰지 않았다. 늘 강아지처럼 귀엽게 웃던 미소도 사라졌다. 내가 경진이가 좋아하는 단팥빵을 들고 찾아가면, 경진이는 자리에 없거나 책상에 엎드려 있기 일쑤였다. 경진이의 등에 손을 올리고 가만히 "경진아……" 하고 부르면 경진이는 천천히 고개를 들어 나를 보았다. 언제나 꿈꾸듯 빈짝이던 경진이의 눈망울은 사라지고 없었다. 대신 표정 없는 얼굴, 흐릿한 눈빛이 내 눈을 아프게 찔렀다. 나는 그녀가 내가 모르는 세계로 가버릴 것만 같아서 불안했다.

지금 와서 생각하니, 그건 허무의 냄새였다. 그 낯선 냄새에 나는 적잖이 당황했다. 그건 무용에게서 나던 어른의 냄새였으니까. 나는 아파하는 경진이를 보듬어주고 싶고, 하루 빨리 그녀를 다시 예전으로 되돌려놓고 싶었다.

참다못한 내가 무슨 말이라도 해보라고 다그치면 경진이는 "선미야, 넌 몰라. 내가 느끼는 이 감정, 설명해도 너는 모를 거야" 하고 자꾸만 나를 밀쳐냈다. 그녀는 이미 나와 다른 세계에 존재하고 있었다. 그렇게 단팥빵도, 깜지도, 아바의 〈안단테 안단테〉도 허공에 붕 떠버린 그 해 가을, 나도 다른 아이들처럼 경진에게서 서서히 멀어져갔다.

'경진아, 코스모스처럼 흐드러지게 웃던 너. 세상의 모든 움직임을 온몸과 마음으로 흡수해버리던 너. 바람이 불면 바람이 되고, 나무를 만나면 나무가 되던 너. 그때 한문 선생님은 너를 사랑한 걸까? 아니면 네 엄마 말대로 너를 가지고 논 걸까? 넌 그토록 궁금해했잖아. 나는 아직도 모르겠는데, 경진아 너는 이제 그걸 알게 되었니? 경진아, 나는 그때 너를 더 이해했어야 했는데. 아이들이 너를 차가운 시선의 감옥에 가둘 때, 나만은 그러지 말았어야 했는데. "터치 마이 소울, 유 노우 하우" 하며 네가 내게 〈안단테 안단테〉를 불러줄 때 그 노래 가사처럼, 나는 너의 영혼을 어루만졌어야 했는데. 경진아, 나는 그런 노하우가 없었어. 그때는 말이야. 경진아, 지켜주지 못해서 미안해.'

목욕 친구

혹시나 해서 단축번호 키를 찾아 눌러보았다. 아직 한 개의 번호도 입력되어 있지 않았다. 통화 내역을 보니 준호, 우영이, 근영이 형제들의 이름이 뜬다. 순서대로 차곡차곡 단축번호를 입력해두었다. 1번엔 내 번호를 입력했다.

"어머니 제게 전화하고 싶으실 땐 1번을 누르세요. 이렇게 길게 꾹 누르시면 돼요. 괜찮죠?"

한의원의 치료사는 시장 입구 모퉁이에 간판 없는 목욕
탕이 하나 있지만 찾기가 쉽지 않을 거라고 했다. 실제로
한참을 둘러보아도 목욕탕 같은 건물은 보이지 않았다. 찾
기를 포기하고 돌아서려는데 그제야 문패보다 조금 더 큰
알루미늄 합판에 적힌 '목욕합니다'라는 글씨가 보였다. 글
자마저 희미해서 꼭 찾겠다는 일념이 없는 사람에겐 보이지
않을 것 같은 간판이었다.

목욕탕이라기보다는 가정집 같았다. 까만 철문을 열고
들어서니 자그마한 정원도 있었다. 내부가 보이지 않는 불
투명 유리문에 달린 사자 얼굴 모양의 손잡이를 잡고 조심
스레 미는데 맥없이 문이 열렸다. 할머니 한 분이 꾸벅 졸다

가 깨어났다.

"4천 원이야."

거스름돈과 함께 건네받은 12번 열쇠를 들고 좁고 낡은 거실 같은 복도를 지나자 사물함이 보였다.

머리를 틀어 올리며 전자저울 위에 섰다. 몸무게는 변동이 없다. 탕 안에는 서서 쓸 수 있는 샤워대가 세 개 있고, 그 반대편에 앉아서 씻을 수 있는 샤워대가 네 개 있다. 가운데에는 동그랗고 아담한 온탕이 있고, 그 옆으로 그보다 좀더 작은 냉탕이 있다. 오른쪽 모퉁이엔 두 사람 정도 마주 앉아 있을 만한 사우나실도 있었다.

'작아도 있을 건 다 있구나.'

일본 어느 작은 마을의 온천탕에 온 것 같은 기분이었다. 물에 불은 때가 힘들이지 않아도 스윽 밀리듯 일순 마음이 누그러졌다. 무엇보다 사람이 많지 않은 게 마음에 들었다. 나까지 모두 세 명. 앉아서 쓸 수 있는 낮은 샤워대에 자리를 잡고 의자에 비누칠을 한 뒤 거품을 씻어냈다. 수증기로 뿌연 거울도 손으로 닦았다. 비누로 가볍게 몸을 씻고 온탕에 들어가니 온몸의 노곤함이 비누처럼 스르르 풀리는 것 같았다.

이사 비용을 줄여보려고 인터넷을 뒤져 가장 저렴한 업체를 선택한 게 실수였다. 장롱 같은 큰 짐을 운반해줄 남자

인부는 둘밖에 없고, 가재도구며 부엌 물품을 정리해줄 여
자는 한 명뿐이었다. 여자는 신문지에 둘둘 말린 그릇을 꺼
내며 이사업체가 이제 막 생겼다고 했다. 분명 인터넷에 올
라온 소갯글에는 "오랜 노하우로 정성껏 모십니다"라고 적
혀 있었는데. 직업소개소에서 연락이 올 때만 일한다는 여
자는 오늘이 세 번째 출근이라고 했다. 그녀는 일이 더뎠다.
마음이 바빠진 내가 큰 짐 나르는 걸 거들고 부엌도 오가다
보니 해질 무렵에는 일어서고 앉을 기운도 없었다. 사기그
릇을 서랍장에 넣으려고 일어설 때 허리에서 뚝 하는 소리
가 났다. 바보처럼 돈은 돈대로 쓰고 몸은 몸대로 축났다.
　3층짜리 다가구 주택에는 한 층에 두 가구씩 여섯 집이
세 들어 살았다. 집집마다 보일러 사정이 좋지 않은데 우리
가 들어온 집이 그중 낫다고 이전 세입자가 말했다. 그것도
운이라면 운이었다. 남편의 출퇴근 시간이 꽤 줄었고 아이
의 학교도 가까웠다. 재래시장이 있는 것도 좋았다. 그렇게
이런 저런 생각에 잠겨 있을 때였다.
　"너, 선미 아니냐?"
　누군가 내 이름을 불렀다. 눈이 홉떠졌다.
　"어머니!"
　"네가 여기 어쩐 일이냐?"
　갑자기 누가 목을 누른 것처럼 바로 말이 나오질 않았다.

침을 한 번 꼴깍 삼키자 그제야 입이 열렸다.

"저, 이 동네로 이사 왔어요."

"뭐시라, 이사? 언제?"

"오늘이요."

"아이고, 세상 좁구나. 너 서울 산다고 안 했니?"

"사정이 있어서 그렇게 됐어요. 어머님이야말로 여기 웬일이세요?"

"나도 작년에 이사 왔다. 너, 내 동생 추자 기억나니? 걔가 여기 살았잖아."

그랬다. 어머님이 좋아하는 막내 동생이 이곳 안양에 혼자 살고 계셨다.

"네, 기억하다마다요. 이모님 안녕하시죠?"

"안녕 못하다. 아니, 안녕했구나. 올 초에 먼저 갔으니 영원히 안녕한 셈이구나. 그 애가 당뇨에 합병증까지 와서 고생이 심했어. 혼자 아파서 시름시름 하기에 내가 돌봐주러 왔는데 1년을 못 버티고 갔지 뭐냐."

"어머, 죄송해요."

"네가 죄송할 게 뭐 있니. 근데 기이하구나. 어떻게 이런 데서 만날꼬?"

내가 묻고 싶은 말이었다. 지금은 남이 되어버린 7년 전 시어머니를 다시 만나다니. 그것도 이렇게 서로 벌거벗은

모습으로. 난감했다. 물만 뿌리고 살짝 나가야지 하고 엉거
주춤하는데 어머니가 내 손을 잡아끌었다.

"어쨌거나 반갑구나. 잘 되었어. 등 좀 밀어주라."

이름 강미자. 나이…… 가만 있자, 그때가 예순여덟이셨
으니 지금은 일흔 다섯이시구나.

어머니는 그런 분이셨다. 언제나 에둘러 말하는 법이 없
고, 상대가 앞뒤 뚝 잘라 말해도 설명을 요구하지 않았다.
말할 수 없어서, 말하고 싶어서 괴로워하는 어머니 또래 분
들을 떠올리면 어머니는 과묵한 사람에 가까웠다. 결혼하겠
다고 마음먹고 처음 인사드리러 갔을 때도 몇 마디 묻지 않
으셨다. 처음엔 좀 냉정하고 무섭게 느껴졌지만 이내 상대
를 괴롭히지 않는 어머니만의 지혜로 보였다. 묻지 않아서
때로는 고마운 일을 많이 겪어본 사람처럼, 어머니는 지금
이 순간도 오랜만에 반가운 사람을 만난 것처럼 나를 대하
신다. 여전하셨다.

"때는 불리셨어요?"

"응."

내 때타월을 쓸까 하다가 표면이 너무 까칠해서 피부가
아플 것 같아 어머니의 타월을 받아들었다. 표면이 많이 닳
아 부드러운 수건에 가까웠지만 연한 노인의 피부에는 낡은
타월이 더 나을 것 같았다. 의자를 바짝 당겨 어머니 등을

마주 하고 앉았는데 왼쪽 등 위로 어른 손바닥만 한 크기의 화상 자국이 보였다.

"어머니……."

내 손길을 느끼셨는지 어머니가 "아, 그거?" 하고 이야기를 시작하셨다.

"추자가 나랑 목욕하는 걸 좋아해서 일주일에 한 번씩은 이곳에 왔구나. 꼭 마실 다니는 것처럼 다녔지. 서로 등도 밀어주고 좋았는데 올 봄에 추자 보내고 나니 한동안 목욕탕 올 일이 없었어. 집에 우두커니 앉아 있는데 심심하기도 하고 그 애 생각도 나더구나. 그래서 목욕탕에 왔지. 그 애는 숨 막히고 갑갑하다고 사우나를 싫어했어. 나는 좋아했는데 그 애가 싫어하니까 그때는 사우나를 안 했어. 그런데 혼자 오고 보니 저 사우나실에 꼭 한 번 들어가 보고 싶은 거야. 그래서 들어가 한참을 앉아 있는데 갑자기 안개 속으로 들어온 것처럼 눈앞이 하얘졌어. 그 다음부터는 애들 말로 꼭 술 먹고 필름이 끊긴 것 같이 기억이 없어. 내가 한참을 안 나오니까 주인 할머니가 들어와 봤다더라. 내가 바닥에 늘어져 있는 걸 보고 처음에는 허리 지지려고 바닥에 등 대고 자고 있는 줄 알았는데 다시 보니 기절했더라지. 한시간 넘게 그러고 있었던 모양이야. 나중에 119가 와서 큰일 날 뻔했다고 하더라. 일흔 넘은 노인들은 십중팔구 세상을 뜬다고. 나는 운이 좋은 거라고."

다 듣고 보니 슬픈 이야긴데 어머니는 십대 소녀가 재잘 대듯 아무렇지도 않게 말씀하셨다.

"지금도 아프세요?"

"이상하게 뜨거운 데서 다쳤는데 찬 비 오는 날 욱신거린 다. 어떤 날은 거기만 서늘한 것 같고 어떤 날은 거기만 열 이 나는 거야. 거기가 서늘한 날에는 목욕탕에 왔어. 탕에 담그고 있으면 좀 나아지는 것 같아."

모양 만들기 전 찰흙을 뭉쳐놓은 것처럼 그 부위만 살이 짓이겨져 있었다. 화상에 얼굴이 있다면 이런 모양일까 싶 게 붉은 상처가 울근불근한 표정을 짓고 있었다. 상처는 어 머니가 의식을 잃었던 1시간 동안 의식을 돌려놓으려고 몸 이 내지른 아우성 같았다.

어머니의 한쪽 어깨에 손을 얹고 반대쪽 어깨에서부터 엉덩이까지 지그재그로 등을 미는데 때는 밀리지 않고 살가 죽만 밀렸다. 일흔다섯 노인의 탄력 없는 피부는 늘어질 만 한 부분은 죄다 늘어져 있었다. 하나는 목양말, 하나는 긴 양말처럼 양쪽 가슴은 크기와 길이가 다르게 늘어졌고, 이 중으로 접힌 뱃살도 기력 없이 개켜진 수건 같았다. 처음으 로 어머니의 몸을 보았다. 어머니의 몸을 보고 있자니 곧 거기에 도달하게 될 내 몸이 보였다. 기억을 더듬어보니 한 번도 어머니와 목욕한 일이 없다.

"짝짝이 가슴이 웃기냐?"

"아니요. 무슨 그런 말씀을."

"애들 다섯이 다 왼쪽 가슴만 입에 물고 오른쪽 가슴은 주물럭거리더구나. 그래서 하나는 졸아들고 하나는 늘어났나 보다. 이제 네 등 대라."

"아니에요, 저는 괜찮아요."

"괜찮긴. 비싼 돈 내고 들어와서 왜 등을 안 밀어. 밀어줄 사람이 없다면 몰라도. 이리 대라."

마지못해 등을 돌렸다. 어머니는 당신이 할 수 있는 모든 힘을 들여 등을 미는 것 같았다. 위로 밀고 아래로 밀 때마다 어머니 손목에 들어간 힘을 느끼느라 되레 내가 더 힘을 쓰게 되었다.

"올해 몇이나 됐니?"

"서른아홉이요."

"벌써 그리 됐어? 세월 빠르다. 네가 우리 집에 몇 년 들락거렸지?"

"3년이요."

"재혼했단 얘기는 들었다. 남편은 잘해주지?"

"네."

"아이는?"

54

"안 생기더라구요. 딸아이 하나 입양했어요."

"애는 적응 잘하고?"

"네, 열 살 때 와서 알 건 다 알아요. 벌써 5년 됐어요."

"좋구나. 그런데 어디 사냐?"

"시장 골목 맞은편에 있는 한의원 근처예요."

"아, 그 한의원. 나도 가끔 침 맞으러 간다."

대충 치운다고 치웠는데 제 있을 곳을 찾지 못한 물건들이 꽤 있었다. 내일은 어지간히 쓸고 닦아야 할 것이다. 가스도 연결이 안 됐고 밥할 여건도 못 되니 저녁은 먹고 들어오면 고맙겠다고 남편에게 전화를 걸었다. 남편은 자기는 알아서 하겠으니 나더러 끼니 거르지 말고 뭐라도 시켜 먹으라고 당부했다. 허기는 느껴지지 않았다. 더 치울까 하다가 갑자기 다 귀찮아져서 침대에 벌렁 누웠다. 방금 헤어진 어머니가 떠올랐다.

전 남편과 헤어지려고 마음을 굳혔을 때 누구보다도 어머니께 먼저 말씀드려야 한다고 생각했다. 다른 사람에게 전해 듣고 충격 받으실 모습을 그리고 싶지 않았다.

"아니 무슨 갈비탕이 이렇게 실하냐, 이 살 좀 봐라."

조용한 한식집으로 모시고 싶었지만 어머니가 비싸다며 한사코 발걸음을 돌리시는 통에 한식집 옆 갈비탕 집으로 들어갔다. 맛이 나쁘지 않은지 손님이 많았다. 구석 빈자리 하나가 눈에 들어왔다. 뜨거운 갈비탕에서 모락모락 김이 올라왔다.

'파를 많이도 넣었구나.'

왜 어머니를 모시고 왔는지 잊어버린 사람처럼, 동그랗게 썰어놓은 파의 개수를 세기라도 할 것처럼 나는 빤히 갈비탕만 쳐다보았다.

"어서 먹어라. 맛있네."

"많이 드세요."

"그래. 그런데 같이 오지 않고. 걔는 뭐가 그렇게 바쁘냐? 하기야 남자는 일 많은 게 없는 거보다는 좋지. 근데, 매양 네가 혼자 다니니까 내가 좀 안쓰러워. 2층집 아줌마는 네가 딸처럼 나한테 잘한다고 며느리 잘 얻었다고 부러워한다."

어머니는 여자애들이 스파게티를 먹을 때처럼 순가락에 당면을 둘둘 말아 후루룩 넘기시며, 말씀하시다가 드시다 말씀하시다가 드시다 했다. 괜히 그 모습이 보기 좋아서 나는 준비해간 말은 꺼내지 못했다. 그날 어머니를 마지막으로 보았다.

"저녁 먹었어?"

“아니. 자긴 삼겹살 먹었구나.”

남편이 겉옷을 벗는데 벌겋게 구워진 삼겹살 냄새가 따라 올라왔다.

“으, 냄새는 떼어놓고 왔어야지.”

“그새 정들었는지 떨어지질 않네. 왜 굶었어? 넌 입이 짧아서 큰일이야.”

“이따 배고프면 먹을게.”

“미나는 아직 안 왔어?”

“학원 한 타임 더 남았잖아.”

“그런데 자기, 나 오늘 누구 만났게?”

“누굴 만났는데?”

“옛날 애인.”

“옛날 애인? 어디서?”

“동네 목욕탕에서.”

“어? 옛날 애인이 여자였어? 당신 바이(bi)야? 남자도 좋고 여자도 좋아?”

“헤헤, 그럴지도.”

이삿짐을 모두 정리하고 바쁜 일상으로 안착하느라 ‘목욕탕에서의 조우’는 한동안 잊고 있었다. 한 주에 한 번씩 발행되는 작은 기업의 온라인 뉴스레터를 만드는 일은, 둘이

하기엔 적고 혼자 하기엔 좀 많았다. 담당자가 바뀌고 나서
는 마감일에 바짝 맞춰 원고를 보내기 일쑤여서 발송일 새
벽까지 수정해야 할 때가 많아졌다.

동트는 걸 보며 잠이 들었다. 얼마나 잤을까? 남편이 흔
들었다.

"여보, 어떤 할머니가 오셨는데."

남편이 현관문을 열자, 거기 어머니가 서 계셨다.

"여긴 어떻게?"

시계를 보니 8시 20분. 출근 준비를 마친 남편이 바람처
럼 사라지고 나와 어머니만 얼음 땡 놀이를 하는 사람들처
럼 현관에 얼어붙었다.

"목욕 가자."

"네?"

"목욕 가자고 왔어."

"이 시간에요?"

"늙으면 아침잠이 없어. 이 시간까지 기다리느라 혼났다.
한의원 근처서 얼마 전에 새로 이사 온 집 아느냐고 물으니
알려주더구나."

엄마한테 끌려 억지로 목욕탕에 가는 아이처럼 어머니의
뒤를 따랐다. 앞서 가는 어머니의 목욕가방에서 삐져나온
목욕타월이 달랑거렸다.

‘아, 이 시간에 목욕이라니.’

온탕에 나란히 앉아 어머니와 나는 수행하는 사람들처럼 눈을 감았다.

“준호 씨하고 언니들은 자주 들러요?”

“노인네 좋다는 자식 본 적 있냐? 전화만 해줘도 고맙지. 제 이모 죽고 한 달 정도는 둘이 살다 혼자 살면 적적하다고 사나흘에 한 번씩 전화하더니, 이제는 열흘도 좋고 한 달도 좋고 제들 내킬 때 한다. 너도 알겠지만 내가 무뚝뚝해서 애들 클 때도 그렇게 살갑게 대하질 못했어. 내 칠순 잔치 해준다고 애들이 어디 호텔인가 빌려서 사람들 불러다 놓고 밥 먹는데 나중에 준호가 취해서 그러더구나. 누나들은 어땠는지 몰라도 자긴 엄마가 냉정해서 대하기 어려웠다고. 애들이 좋은 날 왜 그러냐고 말리는데도 이놈이 자꾸 그 소리 하더구나. 제 딴에는 그동안 눌렀던 게지. 아무 말도 못했다. 지금은 자식들 정 없는 거 내 업이라 여기고 산다.”

어머니는 등만 밀어달라고 했는데, 밀다 보니 어깨도 다리도 밀게 되었다. 타월이 지날 때마다 하얀 때가 뭉쳐 일어났다.

“먹는 것도 시원찮은데 때는 왜 늘 생기는지 모르겠다.”

때가 많아서 미안하다는 어머니의 표정이 수줍은 소녀 같았다. 무뚝뚝하긴 해도 어머니는 표정만큼은 늘 풍부하셨다. 말이 없는 대신 좋고 싫은 내색을 얼굴로 하셨다.

"이런 말하면 우리 딸년들이 서운하다 하겠지만 난 어쩐지 딸보다 며느리인 네가 편했다. 딸년들은 이것저것 바라는 게 많아. 내가 해줄 수 없는 걸 자꾸 바란단 말이야. 엄마가 무슨 죄인이냐? 툭하면 엄마가 어떻게 그럴 수 있어, 엄마는 그러면 안 되는 거잖아, 엄마는, 엄마는, 엄마는……. 제길, 그렇게 지들 마음에 꼭 드는 엄마를 바랄 거였으면 지들이 직접 엄마를 고르든가. 너는 내게 보채는 일이 없어서 좋았어. 너라고 내게 서운한 게 없었을까만 그래도 너랑 있으면 뭐랄까, 내가 이해받는 기분이었어. 모처럼 맘에 드는 딸이 생겼는데 준호 그 놈 때문에 다 망쳤지."

어머닌 내 손길에 순하게 몸을 맡기면서도 말하는 중간 자주 사우나실로 눈길을 주셨다.

"어머니 지금도 사우나 하고 싶으세요?"

"아직도 정신 못 차렸는지 가끔 하고는 싶은데 무서운 생각이 들어서."

"하고 싶으면 저랑 5분만 같이 있다가 나올까요?"

"그래 줄래?"

사우나실로 들어서는 시어머니를 보며 나는 가만히 속으로 말했다.

'아마도 시어머니라 그랬을 테지요. 어머니가 제 엄마였다면 저도 준호 씨나 언니들만큼 맹렬히 엄마를 파먹고 싶었을 거예요. 우리 모두는 배추에 붙은 배추벌레, 복숭아 안에 사는 복숭아벌레잖아요. 엄마라는 양분을 빨아 먹고 크는 기생충은 엄마의 심정은 생각할 이유나 겨를이 없으니까요. 그렇게 먹어치우면서 제 몸을 불리다가 어느 날 몸만 커진 어른이 되어버리니까요. 날 때부터 엄마가 없었던 저는 사실 지금도 엄마가 무엇인 줄 몰라요. 엄마를 어떻게 대해야 하는지 몰라요. 어머니가 절 편하게 느끼셨다면, 그건 제가 엄마를 괴롭히는 방법을 배운 적이 없기 때문일 거예요.'

어머니와 나는 목욕탕을 나와 벅적대는 좁은 시장 통으로 들어섰다. 사흘 후면 구정이라 사람이 제법 있었다.
"아침 먹자."
순대 해장국집 아주머니가 입구에서 전을 부치다가 어머니를 보고는 반가운 눈인사를 건넸다. 어떻게 다 먹나 싶게 푸짐한 해장국에 동그랗게 썬 파가 예쁘게 올려져 있었다. 어머니는 건더기를 한쪽으로 밀고 국물만 살짝 떠 드셨다. 나도 따라 했다. 국물이 시원했다.
"갈비탕 말이다……."
"네?"

"그날, 네가 내 손 잡고 밥 먹으러 가자던 날. 그날 갈비탕 참 맛있었다. 네가 무슨 말을 할지 어렴풋이 알고 있어서 나는 그냥 갈비탕만 맛있게 먹었지. 네 얘기 안 들으려고 맛있게 먹는 척했는데 먹다 보니 정말 맛있었어. 그 전날 밤에 준호 녀석 걱정에 속을 끓였는데, 속 썩인 놈은 오지 않고 엄한 놈이 와서 해장을 시켜줬지."

"……."

"버석하게 타들어가는 네 얼굴 보는 거 그땐 나도 고역이었다. 나도 네 시아버지 그 못된 버릇 때문에 평생을 고생했는데 너까지 그 궁창에 빠진 걸 보는 것도 힘들더구나. 다 내가 자식 잘못 키운 죄를 갚고 있다고 생각했지. 그때 너를 안아주지 못했던 게 지금도 미안해."

"아니에요, 어머니. 오래전에 다 잊었어요. 국물만 드시지 말고 밥도 말아서 드세요."

밥을 반쯤 덜어 어머니 국물에 넣고 저었다. 나머지 반은 내 국물에 넣었다. 우리는 한동안 말없이 밥을 먹었다.

"어머니, 휴대폰 있으세요?"

어머니가 목욕가방 안을 주섬주섬 뒤져 휴대폰을 찾았다. 번호 자판이 큼직했다. 노인들을 위한 노인 전용 휴대폰이었다.

"누가 사줬어요?"

"누가 사주긴. 내 돈 내고 내가 샀지."

혹시나 해서 단축번호 키를 찾아 눌러보았다. 아직 한 개의 번호도 입력되어 있지 않았다. 통화 내역을 보니 준호, 우영이, 근영이 형제들의 이름이 뜬다. 순서대로 차곡차곡 단축번호를 입력해두었다. 1번엔 내 번호를 입력했다.

"어머니 제게 전화하고 싶으실 때 1번을 누르세요. 이렇게 길게 꾹 누르시면 돼요. 원래 1번이 제일 친한 사람 자린데 어머니 외우기 편하시라고 1번에 넣었어요. 괜찮죠?"

"그래, 그러마."

"어머니, 우리 목욕가방 하나씩 사요. 어머니 목욕가방이 낡아서 타월이 삐져나오더라고요."

"네가 사주는 거냐?"

"헤헤, 네."

시장 안의 잡화점에는 물놀이 갈 때나 쓸 법한 비닐 가방들이 알록달록 매달려 있었다. 나는 안이 보이지 않는 청색 가방을 골랐는데 어머니는 연한 핑크색 반투명 가방을 고르셨다.

"야, 네 건 색이 너무 구리다."

"어머니 그런 말도 아세요?"

"우영이네 딸년이 그러더라. 무슨 말만 하면 할머니 구려, 할머니 구려, 하고. 촌스럽다 뭐 그런 말이라며? 암튼 내가 고른 걸로 하자. 괜찮지?”

"네."

어머니와 나는 똑같은 핑크색 목욕 가방을 달랑거리며
앞서거니 뒤서거니 걸었다.

민소매 원피스

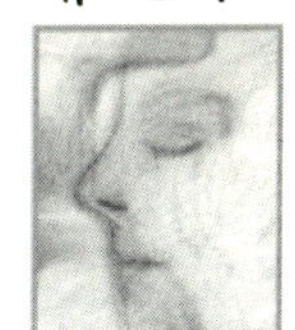

내 몸이되 거울에 비춰보고 싶지 않은 몸이 된 것은 음식과 내가
오랜 시간 불화했기 때문이다. 그리울 때는 미친 듯이 찾고, 몸 구석
구석 빈틈없이 도달하는 걸 느낄 땐 외면했다. 음식은 거기 있는데
나만 정신 나간 사람처럼 왔다갔다한다. 이것이 연애라면 나는
완벽하게 그에게 매여 있다. 매일 그 생각이 떠나지 않고, 결코
내가 먼저 떠날 수도 없다.

1

신부의 어머니가 잘 볼 수 있도록 일부러 그 앞에서 이마의 땀을 훔친다.

"저, 식권 두 장만 얻었으면 하는데요. 원래는 예식장에서 나오는데 오늘은 여유분이 없다고 하네요."

"아, 드려야죠. 고생 많으셨어요."

입으로는 고맙다고 하지만 내 몸을 빠르게 훑는 그녀의 시선은 이렇게 말하고 있다.

'몸이 무거우면 아무래도 땀이 더 나는 법이죠.'

"식사 끝나면 오늘은 그냥 들어가세요. 오후 타임은 모두

학교 은사님들이래요. 은사들은 펑크 내는 일이 거의 없잖아요. 기다려도 소용없을 것 같아요."

아버지는 축의금 접수대를 맡은 사람이 하객의 봉투를 받아 넣듯 내 말을 접수했다. 접시 한 그릇을 말끔히 비우고 한 번 더 가져오려고 일어설 때, 아버지가 내 손을 잡았다.

"너 좀 전에도 접시 가득이었어. 살 뺀다며?"

"다음 주부터 할게요. 좀 먹게 둬요. 오늘 진짜 힘들었단 말이야."

키는 봐줄 만한데, 무게는 좀 나간다. 쌀 한 가마니와 같은 80킬로그램. 장미란 선수라면 가볍게 들어 올리겠지만 만일 신랑이 나를 안고 결혼사진이라도 찍어야 한다면?

"눈, 코, 입이 집중되어 있어서 그렇지 너는 인상이 귀여워서 괜찮아. 살만 빼면."

하나 마나 한 얘기를, 꼭 밥상머리에서 하는 아버지.

"아, 쫌!"

내가 숟가락을 거칠게 놓으면, 아버지는 입 안에서 맴도는 말을 반찬처럼 씹어 삼켰다.

안젤리나 졸리를 보고 있으면 군살이라고는 찾아볼 수 없는 몸매의 단정함에 졸릴 수가 없고, 들어갈 곳은 들어가고 나올 곳은 나온 곡선의 아득함에 졸리지 않을 재간이 없다. 그래서 '안 졸리나 졸리나'라는 농담이 생겼겠지. 꿈꾸듯 아름다운 몸. 냉장고 문에 붙어둔 그녀의 사진을 보고 있으면 아주 잠시지만, 식욕이 사라졌다.

음식은 성질 나쁜, 그러나 매혹적인 친구다. 외양이 화려할수록 더 끌릴 수밖에 없다. 초콜릿 케이크를 한 입 베어 물면, 나는 곧장 '홍콩 간다'는 말을 이해할 수 있다. 초콜릿을 쉬지 않고 열 개쯤 먹고 나면 만족감의 다른 이름인 포만감이 찾아온다. 결코 많이 먹는 편이 아니다! 정말이다. 너무 많이 먹었다는 죄책감에 시달릴 땐 굶었고, 배고픔이 죄책감마저 갈아 마실 땐 먹었다. 그뿐이다. 이렇게까지 뚱뚱할 이유가 없다.

내 몸이되 거울에 비춰보고 싶지 않은 몸이 된 것은 음식과 내가 오랜 시간 불화했기 때문이다. 그리울 때는 미친 듯이 찾고, 몸 구석구석 빈틈없이 도달하는 걸 느낄 땐 외면했다. 음식은 거기 있는데 나만 정신 나간 사람처럼 왔다갔다한다. 이것이 연애라면 나는 완벽하게 그에게 매여 있다. 매일 그 생각이 떠나지 않고, 결코 내가 먼저 떠날 수도 없다. 좋아서 울고 미워서 운다.

주례라는 게 그렇다. 새 출발 하는 신랑 신부에게 주례를 서줄 사람이 한 명 정도는, 누구나 그 정도의 인맥은 있을 것 같아도, 아무리 뒤적여봐도 그럴듯한 명함을 가진 사람이 단 한 명도 없는 이들도 있다.

요즘은 예식장 지하 다방에서 정식 주례가 펑크 나길 기다리는 처지지만, 아르바이트인데도 주례사가 주옥같다고 하루에 내리 세 타임을 뛴 적도 있다고 아버지는 종종 이야기했다. 그런데 뭐든 좀 된다 싶으면 우후죽순 생겨나지 않는가. 아르바이트 주례 시장은 날로 커지더니 급기야 아르바이트 주례협회까지 생겼다. 협회에 가입한 이들의 경력은 아버지의 것과는 달랐다. 30년 교직생활 후 교장 선생님으로 은퇴, 30년 주요 부처 근무 후 고위 공무원으로 퇴직, 지방 공립대학 교수로 정년퇴임……. 전 새마을운동본부장이자 한국수필가협회 회원인 아버지의 이름은 가, 나, 다 순으로 이 사람들 위에 올리기도, 경력 순으로 맨 아래 두기도 마땅치 않았다. 어디에 놓든, "어따 대고"라는 말을 들을 것만 같았다.

예식장으로 나를 이끈 사람은 아버지다. 고로, 나의 유일한 인맥은 아버지다. 한시적으로 일할 드레스 도우미가 필요하니 사람 좀 구해보라고 예식홀 파트의 김 부장이 역시 김씨 성의 대리에게 지시를 내리던 날, 그 동그란 뷔페 테이블에 아버지도 함께 있었다.

"제 딸은 어떨까요? 이전에 이 일을 해본 경험이 있습니다."

"그래요? 멀리서 찾지 말고 우리 주례님 따님으로 하세요."

김 부장이 김 대리에게 말했다.

예식장. 누구라도 그러하지 않겠는가. 친지나 친구가 결혼할 때 밥 먹으러 가는 일 말고 무슨 볼 일이 있겠는가? 아버지는 그때 집에서 놀고 있던 나를 어디든 끼워 넣으려고 거짓말을 했을 뿐이다. 신부 드레스를 드는 정도의 일이라면 어렵지 않을 테니까. 아니, 뭐든 들어 올리는 일은 자신 있으니까.

첫 대면이니 곱게 차려 입고 가라고 아버지는 몇 번씩이나 당부했다. 상의 단추가 빠듯하게 채워졌지만 요즘은 약간 작게 입는 추세니까, 나는 좀 작지만 가장 밝은 색 블라우스를 골랐다.

"박서희라고 합니다."

"누구시라고요?"

"박 주례님 소개로 온……."

"아, 그럼 따님?"

"네."

"아, 네……."

말끝을 흐리는 김 부장은 난감한 기색이 역력했다. 그는

사진이 붙은 이력서 쪼가리라도 미리 보았어야 한다는 표정
을 지었다. 어쨌거나 나는 그날부터 신부 드레스를 들었다.

2

나로 말할 것 같으면, 인생 자체가 알바다. 여북하면 별명
이 '아르바이트 천국'이겠는가. 고1 때 친구의 손에 끌려 처
음 가본 방송국은 말 그대로 '어 홀 뉴 월드'였다. 방송국
로비에서부터 B 스튜디오로 들어가기 전까지 텔레비전에서
만 보던 가수를 세 명이나 보았고, 국민 배우라 불리는 중년
배우도 보았다. 그들의 얼굴은 내 주먹만 해서 그 안에 있는
조그만 입으로는 도저히 음식을 많이 먹지 못할 것 같았다.
내 또래 아이들이 소리를 질러대는 쇼 프로그램은 자리
가 없어서 못 받을 정도라지만, 심야 시간대의 생방송 시사
프로그램은 사람이 없어 방청객 아르바이트를 모집했다. 밤
11시에 시작하는 시사 프로그램은 새벽 1시가 훌쩍 넘어서
끝이 났다. 뭐하며 돌아다니다 이제 오느냐고 눈을 부릅뜨
는 아버지 앞에 나는 3만 원을 척 내밀었다. 새벽 두 시.
양념 반 프라이드 반, 맥주와 콜라가 배달됐다. 24시간 배달
해주는 치킨집이 있다는 건 그때 처음 알았다.

친구를 잘 둔 덕에 고등학교 내내 방청객 아르바이트는 끊이지 않고 했다. 나중엔 방송국 수위 아저씨가 친구와 내 이름을 부르며 한 주 동안의 안부를 묻기도 했다. 이 일을 오래 하다 보니 초반 20분만 지나면 토론 패널로 나온 사람들의 캐릭터를 몇 가지로 분류해내는 경지에 이르렀다. 말을 번지르르하게 잘하는 이, 쉽게 흥분하고 화를 내는 이가 있는가 하면 상대를 살살 약 올리고 빠지는 이, 토론 본연의 역할을 잊고 자기 하소연만 하는 이도 있었다. 어쨌거나 그들이 떠드는 걸 보고 번 돈으로 나는 새벽에 치킨을 사먹었고, 학용품과 문제집을 샀다.

11월 입시철이 되면 친구들과 찹쌀떡을 팔았다. 천 원에 떼어다가 천오백 원에 파는 찹쌀떡을 들고는 지하철 입구에서 새가 재재거리듯, "찹쌀~ 똑 사세요" 하며 비음을 넣어 외쳤다. 교복을 훑어보며 몇 학년이냐, 어느 학교에 다니느냐 하며 사술 섯처럼 이것저것 묻고는 그냥 가버리는 아저씨도 있었지만, 추운데 고생이 많다며 여러 개를 한꺼번에 사주는 아주머니도 있었다.

편의점 알바는 잔일이 많았다. 매일 물건이 들어오면 상자를 나르고, 진열대에 진열하고, 먼지 쌓이지 않게 물건을 닦아야 했다. 바닥을 닦고 있으면 손님이 오고, 손님이 가고 나면 바코드를 찍고…… 거스름돈을 잘못 내줘서 결산이 안 맞는 날에는 그날 일당에서 그 액수만큼이 까였다. 대신 사장은 선심 쓰듯 유효기간이 지난 삼각김밥과 우유를 주었다. 매일 저녁으로 삼각김밥 세 개와 우유 두 개를 먹었고, 폐기처분할 게 더 있으면 남겨두었다가 간식으로 먹었다. 방학 때마다 꾸준히 했으니 이 일을 한 기간도 모두 합치면 1년이 넘는다.

닥치는 대로 아르바이트를 하다 보니 그렇게 안 간다는 고3도 훌쩍 지나갔다. 아버지가 2년제라도 가야 한다고 우겨서 성적을 묻지도 따지지도 않는 전문대학에 들어갔다. 한 학기를 마치고 나니 본전 생각이 났다. 어떻게 모은 돈인데……. 학과 공부보다 토익 점수와 자격증 시험에 더 많은 시간을 쏟아야 하는 대학생활은 무미건조했다. 고등학교 4학년을 다니고 있는 기분이었고, 2학기 등록금은 수십만 원이나 더 오른다고 했다. 등록금의 '등'자는 오를 등(登)자였다.

엄마가 일찍 돌아가시는 바람에 내가 이 고생을 한다고 말하고 싶진 않다. 엄마는 경제력 없는 아버지와 살면서 할 만큼 했다. 죽자고 닥치는 대로 일하던 엄마는 정말 일을 하다 병을 얻어서 죽었다. 엄마는 죽기 3년 전, 그간 모은 돈으로 트럭을 한 대 샀고, 개조한 트럭 위에서 떡볶이와 튀김을 팔았다.

나는 학교가 끝나면 곧장 엄마에게로 달렸다. 떡볶이와 튀김이 먹고 싶어서. 엄마는 막 만들어지는 따끈한 떡볶이에는 손을 못 대게 했고, 팔고 남은 떡볶이를 긁어두었다가 식은 튀김에 발라주었다. 그것도 진짜 맛있었다. 아버지는 그때 엄마가 주던 기름 범벅 튀김을 받아먹어서 지금의 내가 이 지경이라고, 엄마가 그렇게 생각이 없는 사람이었다고 말하곤 하지만 그때마다 나는 아버지를 흘겨보았다.

'엄마는 그래도 내 입에 음식을 넣어준 사람이고요, 아버지는 한 번도 그렇게 한 적 없는 사람이에요.'

엄마는 하루 종일 기름 냄새를 맡아선지 밥을 잘 먹지 못했다. 느끼한 기름기를 빼내려면 밥을 먹어야 한다면서 나는 국에 밥을 말아 엄마에게 건네기도 하고, 엄마가 잠깐이라도 바람을 쐴 수 있도록 튀김을 대신 튀기기도 했다. 엄마는 그때마다 내 머리를 쓰다듬어주었다.

엄마가 위암으로 죽던 날, 사람의 뱃가죽과 등가죽이 서로 그렇게 가까이 붙을 수 있다는 걸 처음 알았다. 입관된 엄마는 몸의 모든 물기가 빠져버려 바짝 마른 인형 같았다. 팔이 굽어지지 않고, 고개를 돌릴 수 없는 종이인형. 엄마의 모습을 떠올리면 나는 종종 기억 속에서 길을 잃었다.

열 살 무렵, 나는 아주 가끔 받는 용돈을 모아두었다가 학교 앞 문방구에서 이백 원짜리 종이인형 〈라라의 즐거운

파티〉 시리즈를 사곤 했다. 라라를 가위로 오려 화려한 파
티복을 입히고, 우아한 춤곡에 맞춰 춤을 추게 했다. 춤을
추는 라라는 날아갈 듯 가벼웠지만, 종이 의자는 라라의 무
게를 감당하지 못했다. 라라를 앉히려고 하면 언제나 힘없
이 주저앉고 말았다. 나는 옆집 지은이가 가진, 팔이 굽어지
고 고개가 돌아가는 금발 인형을 갖고 싶었다. 그 빛나는
금발을 빗으로 곱게 빗겨주고, 다리가 아프지 않게 편안한
의자에 앉혀주고 싶었다.

3

　예식장 아르바이트를 한 지 한 달쯤 지났을 때 예식부 여
직원이 자기 결혼식까지만 웨딩 플랜을 하고 그만두었다.
나는 자연스레 그녀의 후임으로 일하게 되었다. 예식장 일
은 어렵지 않았다. 예식장 이용사항을 묻는 고객들의 전화
를 받고, 예식 패키지에 들어가는 신부화장, 드레스, 웨딩포
토, 하객용 음식 주문 등을 접수하고 손님이 찾아오면 예식
장을 안내하면 되는 일이었다.
　"오늘 1시 타임 신부 진짜 짜증이었죠? 드레스 도우미가
자기 몸종이라도 되는 줄 아나 봐요. 서희 씨한테 너무 무례

하게 굴더라고요."

"그걸 봤어요?"

"지나가다가요."

나를 보고 있었다. 남자가 내게 눈길을 보내고 있다! 그날 이후로 나는 예식장에 있는 동안 언제나 김 대리의 시선을 느낄 수 있었다. 그는 내가 어떤 걸 먹을지 고민하고 있을 때, "지난 주 갈비보다는 연할 거예요" 하며 접시에 갈비를 올려주었고, "해산물이 여자에게 얼마나 좋은 줄 알아요?" 하며 해파리냉채도 집어주었다. 야채는 좋아하는 편이 아닌데, 그가 새콤한 고추장과 함께 더덕을 얹어주면 금세 군침이 돌았다. 김 대리의 접시는 초원의 향기가 가득했다.

'그래서 저렇게 말랐는가?'

그는 또래 남자에 비해 좀 말랐다. 아니, 많이 말랐다. 키가 나보다 조금 큰데도 몸무게는 50킬로그램이 조금 넘는다고 했다. 남자가 너무 마르면 볼품없다고 해서, 살찐다는 음식은 죄다 먹어보고, 살찌운다는 한약도 먹어봤지만 별 소용이 없었단다. 오히려 평소 안 먹던 음식을 억지로 먹다보니 체하거나 토하기 일쑤였다고 한다. 물만 먹어도 살이 찌는 것 같은 내게, 이런 상황은 그러니까 대략난감이다.

김 대리와 데이트라는 걸 처음 하던 날, 가슴이 터지는 줄 알았다. 콩닥콩닥 뛰는 그 가슴 말고 눈에 보이는 가슴.

뚱뚱한 사람은 헐렁한 옷을 입으면 더 뚱뚱해 보인다고 해서 좀 달라붙는 옷을 입었더니 이번엔 숨쉬기가 곤란했다. 브래지어가 꽉 조여선지 쫄티에 가까운 브이 네크라인 블라우스는 가운데로 모인 두 가슴을 더 도드라져 보이게 했다. 가슴 선이 육감적이라는 매장 언니의 말에 오래 생각해보지 않고 산 블라우스였다. 그날 함께 산, 소매가 가늘고 길게 늘어지는 빨간색 원피스는 더 특별한 날을 위해 내 방 벽에 걸어두었다.

영화를 보는 동안 그는 마른 침을 여러 번 삼켰고, 액션영화를 보고 난 그의 눈은 슬픈 멜로를 본 것처럼 촉촉이 젖어 있었다. 찻집에 마주 앉아 있자니 어쩐지 부끄러워져 나는 주스가 나오자마자 들이켰다. 꽤 큰 컵인데 두 번 들이키니 바닥이 보였다.

"컵이 참 커요."

김 대리가 말했다.

"그러게요. 이렇게 큰 컵에 나왔는데, 벌써 다 먹어버렸네요. 속도를 맞췄어야 하는데 죄송해요."

김 대리는 설레설레 고개를 저었다.

"아니, 그 컵 말고요. 예뻐요, 정말."

우리는 밤 10시에 커피숍을 나왔다. 초가을 바람은 성격 좋은 사람처럼 시원하고 부드러웠다. 헤어지기 아쉬워하는 연인들만 남은 늦은 밤 덕수궁 돌담길을 우리는 나란히 걸었다.

"선한 사람들은 보폭을 맞추며 걷는데요."

그가 알 듯 말 듯 예쁜 말을 했고, 그 말은 정확히 우리 둘의 왼발에 떨어졌다. 마법에 걸린 발이 하나 둘, 하나 둘 춤을 추듯 걸을 때, 나는 그와 내가 참 비슷한 사람이라는 생각을 하며 왠지 모를 안도감을 느꼈다.

"글렌 굴드는 연주할 때 흥에 겨우면 꼭 허밍을 했어요. 곡을 해석하는 것은 연주자의 개성에 따라 다르지만 악보에 적힌 지시어를 벗어나 연주하진 않아요. '빠르게'라는 지시어를 무시하고 느리게 연주하거나, 애절하게 연주해야 하는 부분을 흥겹게 연주하진 않죠. 그런데 바흐의 골트베르크 변주곡을 연주할 때 그 서정적인 곡을 굴드는 자기 마음대로 신나게 연주해버렸어요. 곡 중간엔 허밍을 넣기도 하면서요. 그는 솟아오르는 희열을 누르지 않았던 거예요. 너무 아름다워서 자기도 모르게 소리를 냈던 거죠. 누군가는 무례한 연주라고 했지만 많은 이들이 굴드에게 환호했어요."

그가 로잘린 트렉과 글렌 굴드의 연주 스타일을 비교하면서 각각 연주한 골트베르크 변주곡을 들려주었다. 그의 해설 때문인지 나는 트렉의 연주에서는 누군가에게 의지해

정착하고 싶은 바람을, 굴드에게서는 끝을 알 수 없는 곳으로 내달리고 싶은 강한 질주 본능을 느꼈다. 굴드도 아니고 트랙도 아닌 그가 빠르게, 때로는 부드럽게 나를 연주하기 시작했다는 걸 그는 알까?

늦은 밤 귀빈 예식홀 하객 의자에 앉아 우리는 입을 맞추었다. 하객은 우리 둘뿐이었다. 아득하고 긴 입맞춤이 끝난 뒤 그는 내 팔짱을 끼며 "우리도 걸어볼까" 하고 말했다. 빨간 주단 위를 늠름한 신부와 신부의 팔짱을 낀 신랑이 천천히 걸었다. 그는 낄낄거렸지만 나는 그 순간 알 수 없는 경건함을 느꼈다.

세상 남자들은 헛바람이 든, 춤추는 풍선 같았다. 무시당하지 않으려고 먼저 무시하고, 강하지 않으면서 강한 척했다. 하지만 나의 그는 스스로 약함을 드러냄으로써 오히려 강해 보였다. 남자가 이렇게 보드라울 수 있다는 것을 나는 처음 알았다. 그는 연약한 깃털처럼 부드럽고 가볍다. 그 가벼움이 무거운 나를 주눅 들게 했지만 동시에 내 무게를 잊게 해주었다. 그가 내게 입을 맞출 때, 나는 더 이상 종이인형이 아니라 만질 수 있는 인형, 사람이 되고 싶은 인형이 되었다.

이제 나는 아버지에게 짜증내지 않으면서도 음식을 줄일 수 있게 되었다. 먹지 않으면 슬퍼지던 날들이여 이제는 안

녕~. 그가 나를 보고 웃을 때, 가만히 내 이름을 부를 때,
사람들이 지나는 복도에서 코를 찡그리며 아는 체할 때, 남
자 화장실로 쏙 들어가며 따라오라고 장난칠 때 나는 포만
감을 느꼈다. 그것은 음식으로 허겁지겁 허기진 배를 채울
때 느끼던 포만감과는 달랐다. 한없이 달콤하면서도 동시에
아릿했다.

4

"이름 다 외우겠어요."

민망하긴 나도 마찬가지여서 그를 똑바로 보지 못하고
작게 중얼거리기만 했다. 그는 마치 손이 시린 사람처럼 두
손을 입가에 모으고 후후 불었다. 〈굿 타임〉, 〈해피 랜드〉,
〈필 소 굿〉, 〈드림 팰리스〉.

'이제 보니 간판이 죄디 영어구나.'

여관이 밀집된 긴 골목을 세 번이나 도느라 조금 지치긴
했지만, 기분은 대략 '필 소 굿'이었으므로 우리는 〈필 소
굿〉으로 들어갔다. 번듯한 외관과 달리 내부는 아담하고 허
름했다. 고개 정도를 겨우 내밀 수 있는 유리창을 열고 아주
머니가 물었다.

"쉬었다 갈 거예요, 자고 갈 거예요?"

"네?"

"짧은 밤, 긴 밤 중에 어떤 거냐고요?"

그가 결정을 못하고 나를 바라봤다.

"자고 갈 거예요."

내가 말했다.

"너무 낡았네. 다른 곳으로 갈 걸 그랬나?"

그가 미안해했지만 빳빳하고 하얀 광목천이 깔려 있는, 두 사람이 누우면 꽉 차는 정갈한 온돌방이 나는 마음에 들었다.

그가 내 블라우스 단추를 천천히 풀더니 내 가슴에 가만히 뺨을 대며 말했다.

"네 가슴에 파묻히는 상상을 자주 했어. 네 가슴이 낙원일 거라고 생각했지. 정말 그래. 푸근해."

가슴을 만지다 배로 내려오는 그의 손을 나는 다급하게 붙잡았다. 숨이 절로 멈춰졌다. 이중 삼중으로 겹쳐진 뱃살과 옆구리 살들이 일제히 외부 침입자의 접근에 맹렬히 거부 신호를 보내고 있었다. 온몸에서 땀이 나는 것 같았다. 부끄러웠다.

"괜찮아. 고르게 숨 쉬어. 당신 예뻐."

'예쁘다니, 나를 놀리나?'

"살 때문에 스트레스 받지 마. 난 처음부터 네가 풍만해서 좋았어. 진짜야. 네 뱃살도 정말 예뻐. 고대 서양 여자들의 몸을 떠올려 봐. 모두 네 몸처럼 생겼잖아. 역사가들은 다산을 기원해서 그렇게 그렸다고 하지만, 화가들은 그녀들이 정말로 예뻐서 그랬을 거야. 요즘 여자들은 하나같이 너무 말라서 뼈다귀 귀신 같아. 난 그런 여자들 취미 없어. 난 엄마 닮아서 이렇게 말랐어. 남자가 말랐다는 건 정말 치명적이야. 근육도 없고 힘도 없으니 여자들도 나를 취미 없어 하지. 엄마는 비쩍 말라서 늘 아팠어. 아프니까 애들이 귀찮기도 했겠지. 엄마가 자꾸만 나를 밀어내는데 그게 그렇게 서러웠어. 내 위로 형만 둘이 있는데, 형들은 그래도 엄마 젖도 먹었대. 나는 그냥 만지기만 할 거라고 해도 못 만지게 했어. 나한테 여자의 가슴은 그냥 가슴이 아니야. 그리움 같은 거야. 이상하지? 이렇게 네 가슴에 얼굴을 묻고 있으니까 걱정이 없네. 심장이 터질 것 같아. 이런 기분 알아?"

'진심이에요? 거짓말이라도 마른 여자보다 뚱뚱한 여자가 좋다는 말, 그 말 정말 듣기 좋네요. 비계 덩어리에 불과하다고 감추기 급급했던 내 몸을 좋아하고 만져주는 사람이 있다는 게 신기해요. 남자들은 모두 마른 여자만 좋아하는 줄 알았거든요. 당신이 나를 만지고 있는 이 순간이 내겐

꿈같아요. 이런 내 기분 알아요?

나는 가만히 마음속으로 대답했다.

여전히 내 가슴에 얼굴을 묻은 채 그가 바지 뒷주머니에서 지갑을 꺼냈다. 지갑 깊숙한 곳에서 나온 작고 도톰한 것, 동전 크기만 한 그 물건은 그러니까 콘돔이었다. 얼마나 오래 넣어두었는지 겉면이 죄 닳아서 상표도 보이지 않았다. 나는 터져 나오는 웃음을 참지 못했다.

"도대체 몇 년 동안 넣고 다닌 거예요?"

"웃지 마. 나 준비된 남자야."

그가 콘돔을 고무장갑 끼듯 손에 끼려 했다.

"어, 그렇게 하면 안 돼요."

급한 마음에 내가 대신 콘돔을 잡았다.

"이 젖꼭지처럼 생긴 게 정액 주머니인데, 여기를 엄지와 검지로 잡고 귀두 부분으로 공기를 밀어낸 다음 끼워 넣는 거예요. 자, 이렇게."

얼결에 그만 콘돔을 그의 중심에 끼워 넣고 말았다. 장난처럼 시작한 설명이 실전으로 마무리되면서 분위기가 묘하게 변했다. 무안함을 깨려 내가 말했다.

"준비된 남자 아니죠?"

"이런 거 어떻게 알아?"

"당연히 경험이 많아서죠, 후후. 성교육 시간에 성기 모형

에 끼워보면서 배웠어요. 짓궂은 애들은 가지나 오이에 끼
워놓고 앞 사람 등에 가려둔 채 하루 종일 책상 위에 올려놓
기도 해요. 남자들은 안 배워요?"

"몰라. 아무튼 지금은 급하다."

그가 갑자기 이번엔 정말 고무장갑에 손 끼워 넣듯 쑤욱
들어왔다. 몸이 한없이 가라앉는 선체처럼 끝없이 떨어지
고, 모든 세포들이 낯선 방문객을 환영하며 일제히 궐기했
다. 이물이되 이물이지 않은 전체로서의 그. 그가 나타났다
가 사라지고, 깊숙이 들어왔다가 멀리 달아나며 긴 밤이 지
나고 있었다.

"처음 아니지?"

그가 내 귀에 속삭였고,

"믿거나 말거나."

내 입술로 그의 입술을 눌렀다.

5

"늦어도 3시에는 내려오셔야 합니다."

잡목이 우거진 숲에 자리를 펴고 도시락을 먹고 노느라
매표소 직원의 말은 까맣게 잊고 있었다. 언덕 너머에서 한

차례 우르릉 하는 소리가 들리더니 까만 먹구름이 순식간에 우리 머리 위로 몰려들었다.

"지나가는 소나기일 거야."

그가 애써 침착하게 말했지만, 성난 하늘의 기세가 만만치 않았다. 서둘러 돗자리를 걷고 짐을 꾸려 일어설 때, 예고편이 지나고 본 영화가 시작되는 것처럼 천둥번개가 치더니 폭우가 쏟아졌다. 바람도 거셌다. 와이퍼가 고장 난 차에 비가 덩어리처럼 뭉개져 내리듯, 바람에 날린 굵은 빗줄기가 사방에서 쏟아져 왔다. 가벼운 사람은 날아가기 딱 알맞았다. 그날 밤 귀빈 홀에서처럼 나는 그에게 내 팔짱을 꼭 끼고 절대 놓지 말라고 했다. 짐도 내가 둘러맸다.

'이럴 때 내 몸이 든든하구나. 살을 빼지 말라는 그의 말은 정말 옳구나.'

눈앞에 보이는 개울만 건너면 되는데, 개울은 어느새 가슴 높이만큼 불어나 있었다. 강 건너에는 이미 많은 사람들이 건너가 있었다. 잡고 건널 루프도, 119 대원도 없이 이쪽엔 우리 둘만 덩그러니 남았다.

"조심해요. 물이 깊어요."

건너편의 아저씨가 두 손을 동그랗게 모아 확성기 모양으로 만든 뒤 소리쳤다. 그 소리를 들으니 어쩐지 더 겁이 났다.

"나 수영 못해요. 어려서 물에 빠져서 죽을 뻔했어요."

핏기가 가신 그의 얼굴이 창백했다.

"괜찮아요. 나는 개울가에서 자라서 수영 잘해요. 나만 꼭 잡아요."

나는 지갑만 꺼내고 가방은 버렸다.

"걱정하지 마요. 우리 잘할 수 있어요. 내 손 놓으면 안 돼요."

그를 꼭 잡고 내가 먼저 개울에 발을 담그는데, 끌려가지 않으려는 염소처럼 그가 저항했다.

"괜찮아요. 나를 믿어요."

다시 그를 당겼지만 그는 고개까지 저으며 정말 안 되겠다고 했다.

"구조대도 없는데 이렇게 있으면 큰일 나요. 나 시골에서 이런 물길 자주 건넜어요. 친구들도 업고 건넜다니까요. 그러지 말고 내게 업힐래요?"

나는 무릎을 구부리고 그에게 등을 내밀었다.

"자, 업혀요."

그가 한참을 머뭇거렸고, 나는 아무 말 없이 기다렸다. 마침내 결심한 듯 그가 업혔다.

"내 목을 꼭 잡아요."

장미란이 역도를 들기 전 심호흡을 하듯 나는 숨을 깊이

들이쉰 뒤 일어섰다. 그는 짐작보다 더 가벼웠다. 한 발 한 발 신중하게 물속으로 들어갔다. 세 발쯤 떼었을 때 물이 배꼽 위까지 찼고, 이내 가슴 근처까지 닿았다.

서너 시간 전에, 개울을 건널 때만 해도 듬성듬성 놓인 돌은 개울 이편에서 저편으로 우리를 건너게 해준 고마운 징검다리였다. 우리는 그 돌 위를 토끼처럼 깡충깡충 뛰며 즐거워했다. 그런데 이제는 그 다리가 흉기가 되어 물길 아래에 제 모습을 감추고 있었다. 자칫하면 걸려 넘어질 수도 있었다. 나는 그에게 눈을 감으라고 했다. 어서 그를 편편한 땅에 내려놓아야 한다는 일념 때문인지 나는 몇 번이나 이런 일을 해본 구조대원처럼 침착했고, 마침내 강을 건넜다.

땅에 그를 내려놓자 사람들이 우리에게 다가왔다. 우리에게 아니, 내게 박수가 쏟아졌다. 그 소리에 잠이 깬 것처럼, 이제 다 끝났구나 하는 안도의 숨이 터져 나왔다. 그는 땅에 부려져서도 정신을 잃은 사람처럼 보였다. 나는 떨고 있는 그의 어깨를 문지르고 다리를 주물렀다.

모자를 깊숙이 눌러 쓴 아저씨가 우리에게 다가오더니 그를 보며 말했다.

"대단한 여자친구를 두셨네. 어쭙잖은 남자보다 훨씬 나아."

그의 어깨를 툭 치고 돌아서는 아저씨의 뒷모습을 그는

일그러진 표정으로 바라보았다. 재미난 구경은 끝났는지 사람들은 이내 흩어져 아래로 내려가고 있었다.

"이제 우리도 가요."

그를 일으켜 세우려는데 그가 내 손을 뿌리쳤다.

"잠깐만, 놔 봐요."

"미안해요. 아직 힘들죠? 조금만 쉬었다 갈까요?"

그는 말이 없었다.

"다들 갔어요. 우리도 더 어두워지기 전에 내려가야 해요. 조금만 더 가면 매표소예요. 거기서부턴 안전할 거예요."

그는 여전히 일어날 생각이 없어 보였다.

"사람이 왜 그래요?"

그가 바닥에 시선을 꽂은 채 말했다.

"네? 제가 뭘……."

"됐습니다."

그가 갑자기 존댓말을 했다. 비틀거리며 일어서는 그의 몸을 내가 반사적으로 붙잡았다. 그가 다시 내 손길을 뿌리쳤다.

"아, 됐어. 그만 해. 그만 잡으라고!"

그는 화를 내고 있었다.

"왜 화를……."

내 말이 끝나기도 전에 그는 사람들이 사라진 쪽으로 빠르게 걸어갔다. 그의 뒷모습을 보며 나도 비칠비칠 걸었다.

'뒤통수도 화가 날 수 있구나.'

그의 뒷모습 전체가 진저리치는 것처럼 보였는데 그는 특히 머리를 절레절레 흔들며 걸었다.

물이 잔뜩 들어간 내 운동화에서 걸을 때마다 뻑뻑거리는 소리가 났다. 걸음을 멈추고 운동화를 뒤집어 물을 빼냈는데도 자꾸만 운동화 사이사이에 스며든 물 때문에 뻑뻑하는 소리가 났다. 그 소리가 거슬리는지, 그가 휙 돌아 나를 노려봤다. 나는 놀라서 멈춰 섰고 그 자리에 얼어붙었다. 그와의 거리가 남과 북만큼이나 길고 서늘했다.

매표소 맞은편 버스 정류장에 먼저 온 그가 서 있었다. 내가 길을 건너려 할 때 버스 한 대가 들어섰고, 버스가 지나가자 그는 보이지 않았다.

6

복도에도, 식당에도, 사무실에도 서늘한 바람이 분다. 그날 이후 한 달째, 그는 나를 못 본 척한다. 나처럼 이렇게 표면적이 넓은 사람을, 얼굴이 큰 사람을, 가슴이 터질 듯 부푼 사람을 못 본 척한다.

나는 다시 큰 뷔페 접시를 두 번씩 비운다. 가끔은 술도 마신다. 왜 슬퍼야 하는지 이유를 모르니 아직은 맘 놓고 슬퍼할 수도 없다. 나는 두 팔을 올리고 벌 서는 학생처럼 그의 말을 기다리고 있다. 그가 내 두 팔을 내려주기를. "이 제 그만 해도 돼" 하고 말해주기를.

벽에 걸어두었던, 소매가 가늘고 길게 늘어지는 빨간색 원피스가 자꾸만 눈에 거슬린다. 가위로 종이인형을 자르듯 두 소매를 오려내고 나니 빨간색 원피스는 민소매 원피스가 되었다.

'처음부터 이렇게 팔이 없었더라면 그를 안지 않았을 텐데. 너, 원피스. 함부로 팔을 놀린 대가다.'

나일론 원피스는 접어도 각이 잘 잡히지 않았다. 자꾸만 듬성듬성 뜨는 옷을 손톱 끝으로 꾹꾹 눌러가며 각을 잡아 본다. 몇 번을 접어 책 크기로 만든 뒤 왼쪽 대각선으로 한 번, 오른쪽 대각선으로 한 번 노란 색 실로 촘촘하게 바느질 을 했다. 빨간 색 천에 노란색 엑스 자가 새겨졌다. 그걸로 텔레비전 위에 소복이 쌓인 먼지를 닦아내고 책상 위도 닦 아본다. 먼지가 나일론 천에 달라붙을 듯하더니 이내 떨어 져 나간다.

가을의 끝은 짧았고 겨울은 더디게 갔다. 그 사이 나는

아르바이트 천국으로 복귀했다. 고기가 절대 달라붙지 않는
다는 불판 광고모델을 하면서 한동안 고기만 먹었다. 자꾸
먹어서, 더 들어갈 공간이 없는데도 허기는 가시지 않았다.
귀염성 있는 얼굴마저 찾아볼 수 없게 됐을 때, 아버지는
냉장고에 붙여둔 안젤리나 졸리의 사진을 떼어내고 그 자리
에 체질 개선 식단표를 붙였다. 식욕을 억제해준다는 한약
도 지어 왔다. 나는 그때 양념치킨 반 마리를 먹어치우고
프라이드치킨을 막 먹고 있었다. 아버지가 프라이드치킨이
담긴 상자를 빼앗으려 할 때 나는 개가 밥그릇을 감싸 쥐고
경계하듯 이빨을 드러내고 낮게 으르렁거렸다. 아버지는 혀
를 찼다.

　프라이드치킨 반 마리도 마저 다 먹고 한약 상자를 열었
다. 복용 시 주의해야 할 음식에 닭이 들어 있었다.

지급명세서

어쨌거나 사장님은 내게 10년 동안 월급을 주었고, 내가 사장님의 대소사를 챙겨왔듯, 사장님도 내게 적잖이 그렇게 해왔다. 어지간한 가족보다 어쩌면 더 나은 모습으로 서로를 위했는지도 모르겠다. 그러니 지금 나의 병간호는 충분히 설명이 되는 일이다. 마음 없이 해온 일이지만 이제부터라도 아버지처럼 잘 보살펴 드려야겠다고 생각하며 병실로 향했다. 붕어빵이 식기 전에 사장님에게 건네고 싶었다.

길을 따라 한참을 걸었다. 횡단보도가 나오면 멈춰 서고, 파란불이 들어오면 건넜다. 어떤 사람은 나란히 걸었고 어떤 사람은 앞질러 걸어갔다. 분명 큰 길을 걷고 있었는데 어느 순간 골목 깊숙이 들어와 있기도 했다. 트럭에 사과를 가득 실은 아저씨가 "오늘만 반값!" 하고 외쳤다. 걷다 보니 다시 큰 길이었고 대형 전자마트가 보였다. "빅 세일"이라고 적힌 현수막이 바람에 펄럭였다. 보도블록을 갈아엎는 아저씨들이 긴 실을 팽팽하게 놓고 그 줄에 맞춰 새 블록을 깔고 있었다. 새로 맞춰져가는 블록의 이음새를 한참 들여다보다가 다시 걷기 시작했다.

'약'에 맞춰놓았던 전기장판의 버튼을 '강'으로 바꾸고 걷

옷만 대충 벗었다. 가장 두꺼운 이불을 꺼내 전기장판 위에 놓고 그 안으로 쑤욱 몸을 밀어 넣었다. 무거운 몸이 바닥으로 한없이 꺼졌다.

"미스 서, 이거 간 좀 봐줘. 난 이제 맛을 모르겠어."

"저 이제 미스 서 아니에요. 그렇게 부르지 마세요. 부탁이에요. 제발 부탁이에요. 저 졸려요. 이제 자야겠어요."

❖

김치 겉절이는 짰다. 짠 음식을 싫어하는 사장님은 분명한 소리 하실 것이다. 나는 양념 안 된 배추를 한 움큼 더 양판에 넣었다.

"짜구나?"

사모님이 미간을 찌푸렸다. 나는 대답 없이 나물을 마저 무쳤다.

세 사람은 말없이 식사를 했다. 겉절이에는 나와 사모님의 젓가락만 갈 뿐, 사장님은 입도 대지 않았다. 사모님은 아이가 밥 먹기 싫어서 딴 짓하는 것을 탓하는 것처럼 사장님의 젓가락이 어느 반찬으로 가는지 보다가, 반찬을 씹는 사장님의 입 모양새를 보다가 했다.

"남 밥 먹는데 뭘 자꾸 힐끔거리시오?"

"우리가 어째 남입니까. 일껏 반찬을 만들어도 드시질 않
으니 그렇지요."

모르는 사람이 보면 노부부의 집에 멀리 사는 딸이 찾아
와 단란한 저녁식사를 하는 줄 알 것이다.

설거지를 마쳤다. 삶은 행주의 물기를 꼭 짜 행주걸이에
걸고 앞치마를 풀었다. 외투를 입고 가방을 어깨에 두를 때,
얼굴에 바른 클렌징 크림을 문지르며 사모님이 다가왔다.

"미스 서, 나 내일 아침 일찍 미국 가는 거 알지? 가끔 전
화할게. 무슨 일 있으면 재경이 집으로 전화해."

사모님은 공부하는 아들도 보고 여행도 할 겸 미국행을
준비해왔다. 나는 고개 숙여 인사를 하는 것으로 그러겠노
라는 말을 대신했다. 신발을 신고 현관문을 여는데 사모님
이 말했다.

"미스 서, 자긴 다 좋은데 시원하게 대답하는 걸 못 봤어.
일 돕는 사람이 말 많은 거보다 없는 게 좋긴 하지만, 너무
없어도 큰일이야. 연애나 제대로 하겠어? 여자가 애교도 좀
있어야지. 아무튼 조심해서 가."

보일러가 또 먹통이다. 전원 버튼을 누르면 희미하게 불
이 들어오긴 하지만 난방과 온수 버튼은 아무리 눌러도 깜
깜하다. 집주인에게 여러 차례 말을 넣었지만 고쳐주지 않

는다고 범칙금을 부과할 리 없는 세입자의 민원은 번번이 기각되었다.

찬물에 몸을 씻을 때면 일곱 살 어느 한 날, 꽁꽁 언 개울 물을 깨 갓 태어난 동생의 똥 기저귀를 빨던 기억이 딸려온 다. 얼음판 밑으로 똥을 흘려보낼 때 물고기들은 이 똥을 피할까, 떡밥인 줄 알고 먹을까 궁금해하며 빨래를 했다. 물 이 너무 차서 빨래비누를 곱절로 문질러도 기저귀에 묻은 똥은 잘 지워지지 않았다. 동생의 기저귀를 빨던 시골 여자 아이는 겨울마다 손이 부르트고 갈라지는 동상에 걸렸다. 항상 빨갛게 얼어 있던 손은 4월 꽃샘추위가 지나서야 제 색깔로 돌아왔다.

'혹시 아침에는 따뜻한 물이 나오지 않을까? 머리는 그때 감아도 되는데…….'

잠시 망설이다 그냥 세숫대야에 머리를 담갔다. 정수리 를 타고 내려오는 한기 때문에 의지와 무관하게 이가 딱딱 부딪혔다. 한기가 이보다 더 딱딱했다.

전기장판은 이상한 물건이다. 전기장판에서 자고 일어난 아침엔 몸에서 등이 사라진 게 아닐까 의심스러웠다. 밤새 장판의 전기 혈이 등에 어떤 기운을 심어두는 것인지, 아니 면 등의 기운을 앗아가는 것인지, 잠에서 깨면 정체 모를 무력감과 피로에 휩싸였다. 몸이 제 상태로 돌아오는 데는 한나절이 넘게 걸렸다. 그렇다 해도 오늘처럼 난방이 안 되는 날에는 아침에 찾아올 무력감을 미리 떠올려선 안 된다. 지금은 제멋대로 딱딱 부딪히는 이부터 수습해야 한다. 불을 끄고 장판 위에 길게 누웠다.

2년 남짓 일한 김 부장은 이번 달로 회사를 그만둔다. 부장이면 높은 자리 같지만 이 회사에선 부장이 가장 말단이다. 직원이라 해봐야 부장 둘, 전무 둘, 부사장 하나, 사장 그리고 경리를 보는 나까지 일곱 명이 전부다.

사장은 이 회사가 다국적 기업으로, 각국이 지분을 고루 투자해 좋은 상품을 소개하고 이윤을 남기는 건강한 회사라고 했지만 다른 사람들은 우리를 '다단계' 혹은 '피라미드'라고 불렀다. 회사가 미국에서 수입하는 물건은 딸기즙인데 꾸준히 복용하면 다이어트와 체질 개선에 효능이 있다고 했다. 사장과 나를 제외한 다섯 명의 간부들은 자신의 조직도 아래에 있는, 이름도 모르는 영업사원들을 관리했다.

어쨌든 김 부장은 내일까지만 출근한다. 그는 20년간 일한 중소기업에서 실직하고, 그 해 함께 음식 체인점을 하자며 동업을 제안한 사람에게 퇴직금 전부를 맡겼다가 모두 떼였다. 거리에 나앉게 생긴 식구들 걱정에 다급해진 그는 아는 사람을 통해 이 회사에 들어왔다. 그는 판매에 열을 올렸지만 비정규직으로 일한 지 2년이 지나면 정규직으로 전환해줘야 하는 '기간제 및 단시간근로자 보호 등에 관한 법률'의 보호를 받지 못했다. 5인 이상 사업장인 이 회사도 2년이 넘은 '비'정규직에게서 '비'를 떼어주어야 할 의무가 있었지만, 사장은 앞글자를 떼어주는 대신 봉투를 주었다. 그간 열심히 일해주어서 고맙다, 퇴직금은 못 주지만 그간의 정을 생각해서 좀더 넣었다고 하면서. 봉투를 건네받은 김 부장의 표정은 어둠이 막 깔리기 시작하는 겨울의 저녁 6시처럼 어두웠다.

김 부장처럼 2년 혹은 3년, 더 짧게는 1년간 일하고 그만두는 사람들을 나는 숱하게 보아왔다. 판매 관리라는 게 개미 영업사원들이 아는 인맥, 모르는 인맥을 동원해 영업에 수익이 나도록 하면 그뿐, 특별한 기술이나 전문 지식을 요구하지 않기 때문에 많은 사람들이 와서 일했고 쉽게 그만두었다. 사장이 그때마다 봉투를 마련해서 내보내는 건 아니었다. 자기가 믿을 만하다고 생각하는 사람들에게만 그렇게 했다. 따져보니 이 회사에서 사장 다음으로 오래 일한 사람이 나다.

전문대를 갓 졸업한 스물두 살의 여자를 받아줄 회사는 많지 않았다. 대부분은 1차 서류전형조차 통과하지 못했다. 잔설이 녹아 질척거리는 운동장을 바라보며 학생식당에서 혼자 밥을 먹고 있을 때, 방금 전 밥을 먹고 자리를 뜬 남학생이 두고 간 〈벼룩신문〉이 눈에 띄었다. 거기에 "다국적 기업에서 성실히 일할 인재를 구합니다"로 시작하는 구인광고가 실려 있었다. "특별한 자격증은 요구하지 않습니다"라는 문구에는 '빨간펜 선생님'이 그어놓은 것처럼 크고 선명한 밑줄이 그어져 있었다. 면접은 전화 한 통으로 끝났고, 무미건조한 목소리의 중년 남자는 이틀 후 바로 출근하라고 했다.

처음부터 내가 사장집의 경조사를 챙긴 건 아니었다. 여직원이 한 명이다 보니 경리일, 이를 테면 회계, 장부 관리, 출납 확인, 거래처 확인, 계약 업무 등 각종 서무일을 도맡아 했다. 더 자세히 말하면 입출금표 작성, 전표 작성, 현금 출납부 정리, 거래처 일별 장부 관리와 마감을 매일 컴퓨터 프로그램에 입력하고, 매월 말일에는 각종 영수증 마감, 증빙철 작성, 월자금 집계표와 현황표 작성, 세무 관련 신고를 했다. 마지막으로 이 모든 처리 상황을 적절할 때 사장에게 보고했다.

나는 모든 업무를 수월하게 하는 편이었지만 장부 관리 항목에서는 가끔 길을 잃기도 했다. 장부 관리는 애매했다. 옷감의 안감과 겉감이 하나로 덧대어지듯, 회사 장부와 사장님 집 장부가 함께 묶이는 항목이 잦았다. 통장에서 돈을 찾아달라고 할 때 회사 통장을 말하는지 집 통장을 말하는지 분명치 않을 때도 있었다. 찾은 돈으로 장을 봐달라는 부탁을 받기도 하고, 사장님 대신 조의금을 전달하러 낯선 병원을 가기도 하고, 사모님이 쇼핑한 옷을 교환하거나 환불해 오기도 했다.

사장님과 사모님 사이에는 재경이라는 아들이 하나 있는데 재경이 결혼할 때는 식장을 예약하는 것부터 신부 집에 보낼 이바지 음식까지 모두 내가 준비했다. 재경이 할아버지 할머니 제삿날에는 일 년에 두 번 연가를 내 시장을 보고 제상을 차렸다. 어떤 일은 할 수 있고, 어떤 일은 할 수 없다는 의지를 드러낸 적 없이 대부분의 요구를 나는 단말기에 카드 긋듯 들어주었다.

사모님은 혼자 살면서 돈 쓰지 말고 집에 들어와 2층 방을 쓰면서 함께 살자고 했다. 이 제안에 사장님은 가타부타 말이 없었다. 그 후에도 사모님이 몇 차례 되물었지만 나는 그때마다 아무 대답도 하지 않았다. 그렇게 10년을 보냈다. 그 사이 자궁암을 앓던 엄마는 돌아가셨고, 아버지는 치매가 점점 심해져 더 이상 집에서 모실 수 없다는 오빠네의 결정으로 이태 전 요양원에 입소했다. 일곱 살 아래인 동생은 자동차 정비일을 배우겠다며 혼자서 일본으로 갔다. 가족이란 이름으로 명절 때라도 한 번씩 모이던 것은 엄마의 죽음과 아버지의 요양원 입소로 사실상 끝이 났다.

사장은 내 집안에 크고 작은 일이 생길 때마다 경조사에 맞는 액수의 봉투를 건네주곤 했다. 내게로 오는 봉투의 흐름을 사모님이 아는지는 알 수 없었다. 다만 사모님이 한 번씩 "저 사람이 표현을 잘 못하는 사람인데, 미스 서한테 하는 거 보면 친딸한테 하듯 잘해준다"고 했다.

딸이 없어서 그랬는지, 딸 같아서 그랬는지 사장님은 외국 출장을 다녀올 땐 늘 한두 개씩 선물을 사오기도 했다. 립스틱, 향수, 스카프, 핸드백, 시계 같은 것이었다.

언젠가 사장님이 준 핸드백을 들고 갔더니, 사모님이 고가의 가방을 들었다고, 그간 모은 돈이 많은가 보다고 했다. 그 핸드백이 소위 명품이라는 걸 나는 그때 알았다. 그 뒤로는 사장님이 준 물건을 받는 것이 부담스러웠다.

엄마는 자궁암으로 세상을 뜨기 전까지, 그러니까 당신이 자기 몸을 제대로 가눌 수 없을 때까지 아버지를 돌봤다. 30년 넘게 시골 초등학교 선생님을 하다가 교장 선생님을 지낸 아버지를 엄마는 늘 교장 선생님이라고 불렀다.

"교장 선생님, 식사하세요."

"교장 선생님, 병원에 갈 시간이에요."

"교장 선생님, 뉴스 보실 시간이에요."

엄마가 아들처럼 보살피던 교장 선생님에게 어느 날 치

매가 찾아왔다. 아버지의 치매와 엄마의 자궁암은 거의 동시에 왔다. 엄마 몸에 생긴 병이 자궁암인지 확실치 않을 때 병원에서 조직을 떼어 정밀검사를 하자고 했다. 엄마는 검사를 받느라 병원에 며칠 입원했다. 한사코 엄마 곁을 지키겠다는 아버지를 우리는 어르고 달래, 오빠네로 모시고 왔다. 형제들이 모두 모인 그날 저녁, 탁자 가운데 앉은 아버지는 회의를 주재하는 사람처럼 진지한 표정으로 말을 꺼냈다.

"너희들 걱정할까 봐 그동안 말하지 않았다만, 너희 엄마 상태가 심각하다."

아버지의 기억은 한 달 전에서 헤매고 있었고, 말을 끝낸 아버지는 어린아이처럼 엉엉 울었다.

엄마의 자궁에서 자라는 암은 3기였다. 진단 후 잠깐 동안 병원에서 항암치료를 받았지만 너무 힘들어서 못해먹겠다고, 그냥 집에서 아버지와 함께 지내면서 정리하고 싶다고, 엄마는 완강하게 버텼다. 엄마는 자기 몸에 깃든 병마와 싸우면서 아버지 정신에 찾아온 병마를 달랬다.

아침에 일어나면 양복을 입고 현관 앞에 서 있는 아버지를 방으로 다시 들여 평상복으로 갈아 입혔고, 집 바로 앞에서 집을 찾지 못해 서성이는 아버지를 모시고 들어왔다. 엄마는 잘 걷지 못하면서 아버지와 함께 걸었고, 헛구역질을 하면서 아버지 입에 들어갈 음식을 만들었다. 아버지는 집에만 있으니 답답하다고, 운전을 하고 싶다고 엄마를 졸랐다. 엄마는 위험하다고 말렸지만 아버지가 하도 조르니 별수 없이 아버지가 운전하는 옆자리에 앉아 가까운 시내를 돌고 오기도 했다. 엄마는 처음에는 걱정을 많이 했는데, 치매라는 게 놀랍게도 몸으로 익힌 건 잊어버리지 않는 건지, 서야 할 곳에선 정확히 브레이크를 밟고, 파란 신호로 바뀔 땐 액셀을 밟더라며 교장 선생님의 운동신경을 칭찬했다.

그렇게 마음을 놓았던 탓일까? 서너 번째 시내를 주행할 때 아버지가 빨간 신호에서 액셀을 밟고 직진하는 통에 엄마가 놀라 크게 소리를 질렀고, 덩달아 놀란 아버지도 브레이크를 급하게 밟았다. 그 충격으로 엄마의 목이 뒤로 꺾였다. 그날 엄마는 자궁에는 혹을 단 채 목에는 깁스를 달았다. 우리는 아버지를 나무랐고, 엄마는 우리를 나무랐고, 아버지는 풀이 죽었다.

그런 엄마가 아버지를 먼저 떠나던 날, 아버지는 장례식장에 모인 사람들을 보고 "누굴 보러 이렇게 먼 곳까지 왔느냐"고 물었다. 문상객들이 말은 못하고 혀만 끌끌 찼다.

바로 옆에서 가장 친밀한 이의 죽음을 목도하고, 그 자신도 마감의 문턱을 자주 넘나드는 아버지. 죽음을 곁에 두고도 이처럼 죽음을 의식하지 못하는 사람은 드물 것이다. 치매가 주는 단 하나의 특권은 두려움을 모른다는 게 아닐까? 세상을 살다 보면 차라리 몰랐으면 싶을 때가 얼마나 많은가 말이다.

사무실 안쪽 깊숙이 자리한 사장실을 제외하면 통으로 된 한 공간에 부장과 전무와 부사장의 자리가 있다. 자리마다 딸린 쓰레기통을 비우고 책상들을 정리하고 바닥 걸레질까지 하고 나면 사람들이 하나둘 출근하기 시작했다.

판매 실적을 입력하고 나니 점심시간. 언제나처럼 이 전무가 "오늘 점심 뭐 먹지?"라고 할 때 양 전무가 사무실 문을 벌컥 열고 들어왔다.

"미스 서, 연락 못 받았어? 사장님 교통사고 났대. 중상인가 봐. 모란대학병원 응급실이라는데, 댁에 연락해봐."

"사모님은 오늘 아침에 미국 가셨어요. 재경이 보신다고."

"그래? 그럼 미스 서라도 얼른 가 있어. 우리도 대충 마감하고 뒤따라갈게."

응급실에는 버스 전복사고로 중상을 입은 10여 명의 환자들이 막 실려와 각자의 자리를 다투고 있었다. 인턴인지 레지던트인지 모를 의사들이 무슨 약품을 달라고 간호사에게 소리를 질렀고, 간호사들은 그걸 찾느라 분주히 오갔다. 여기저기서 고통을 호소하는 비명이 들려와 나는 잠시 전쟁영화 속의 야전 병원에 들어와 있는 것 같은 착각을 느꼈다. 어지러운 침대들 사이를 걸으며 침대에 누운 사람들의 얼굴을 빠르게 스캔했다. 머리와 얼굴의 반이 붕대로 가려져 있지만 구석 끝 침대에 누운 환자의 매부리코를 보니 틀림없는 사장님이었다. 그는 의식이 없는 것 같았다. 바쁜 간호사를 붙잡고 물어보기가 미안했지만 상태가 어느 정도인지는 알아야 했다.

"오후에 입원실로 옮길 거예요. 응급치료는 끝났습니다."

'사모님은 아직 비행 중일 텐데……'

원무과 직원이 내미는 서류에 내가 적어 넣을 수 있는 모든 내용을 작성했지만 보호자란은 채울 수가 없었다. 직원에게 물었다.

"진짜 보호자는 내일쯤에나 연락이 닿을 거예요. 보호자란은 어떻게 할까요?"

"보호자 이름은 아세요? 보호자 이름 적고, 그 옆에 대리인 이름을 적어주세요."

'대리인. 그래 일을 대신 해주고 있으니 대리인이 맞겠다.'

대학병원 입원실은 늘 만원인 모양이었다. 1, 2인실에 자리가 나려면 일주일 정도 기다려야 한다고 했다. 사장님은 우선 6인실로 옮겨졌다.

사장님은 꼬박 사흘 동안 의식이 없었다. 입원 첫 날엔 교통사고로 입원한 환자 같았지만 이틀이 지나고 사흘째가 되자 사장님은 그저 세상 일이 너무 고단해서 잠시 깊은 잠에 빠진 사람처럼 보였다. 눈을 뜨면, '아, 잘 잤다' 하며 기지개를 켜고 일어날 것만 같은.

사장님이 밤에라도 깨어날지 모른다는 생각에 나는 침대에 딸린 간이침대를 빼내 모로 누운 채로 밤을 지냈다. 사무실 간부들은 이틀째까지 드문드문 들여다보더니 사흘째 되는 날부터는 아무도 오지 않았다. 그들은 내게 사무실 일은 걱정하지 말고 늘 그랬던 것처럼 미스 서가 사장님을 가족처럼 잘 돌보라고 했다. 나는 병원에서 밥을 먹고, 머리를 감았다. 병원에는 따뜻한 물이 나왔다. 따뜻한 물 안에서 손가락을 제멋대로 움직이면 기분이 좋았다.

사흘이 지나서야 재경이와 통화가 되었다. 사모님은 오늘 아침 그랜드캐니언으로 여행을 떠났다고 했다. 자기는 논문 때문에 도저히 움직일 여건이 안 되는데, 도대체 얼마나 심각한 거냐고 물었다. 사장님은 아직 의식이 돌아오지 않았고 깨어나기를 기다리고 있다고, 나는 간호사처럼 건조하게 말했다. 재경은 지도교수에게 사정을 말한 뒤 한국으로 오게 되면 연락하겠다고 했다. 통화는 용건만 간단이 끝났다.

나흘째 되던 날, 의사가 아침 회진을 마치고 돌아서려는

데 사장님이 가늘게 눈을 떴다. 나는 나가려는 의사를 급히
불렀다.

의식이 돌아오긴 했지만 완전히 회복되려면 시간이 좀
걸리겠다고 의사가 말했다. 젊은 사람들 같으면 벌써 깨어
났을 테지만 나이가 있어서 회복 속도가 좀 느릴 거라고,
그래도 이만한 게 다행이라고 했다. 사흘이 더 지나자 사장
님은 말도 하고, 밥도 먹을 수 있게 되었다. 재경은 그 사이
한 번 전화했는데 아버지가 의식이 돌아왔다는 이야기를 듣
고 안도하는 것 같았다. 한국에 들어오기가 어쩌면 어려울
지도 모르겠다면서 그는 아직까지 연락이 닿지 않는 자기
엄마를 탓했다.

비어 있던 옆 침대에 젊은 여자가 들어왔다. 그녀는 어떤
사고로 이가 나가고 광대뼈와 코뼈가 부러진 것 같았다. 피
부가 뜯겨져나간 눈 주위에는 붕대가 감겨 있었다.

"희정아, 눈 좀 떠봐, 언니야."

자기를 언니라고 부르는 여자가 병상에 누워 있는 여자
를 계속 불렀다. 바람에 날린 빗방울이 창에 부딪쳐 저항
없이 흘러내리듯, 언니라는 여자는 희정의 이름을 부르며
무너져 내리는 것 같았다. 그녀는 이틀을 꼬박 동생의 손을
쓰다듬으며 울었다.

“에이프릴 컴 쉬 윌~.”

사이먼 앤 가펑클의 〈에이프릴 컴 쉬 윌〉를 세 번 연속 반복해서 들었다. 여고시절 영어 선생님은 이 노래를 칠판에 적고 도치법을 가르쳐주었다. 그녀가 4월에 꼭 왔으면 좋겠다는 바람을 강조하기 위해 ‘온다’라는 동사를 ‘그녀’ 앞에 끌어다 놓았다고 했다. 어릴 때부터 겨울을 싫어하던 나는, 선생님의 설명을 들으며 그녀보다 추위가 풀리는 4월이 먼저 오면 좋겠다고 생각했었다.

엠피쓰리를 끄고 물수건과 칫솔을 고른 후 지갑에서 만 원을 꺼냈다. 편의점 직원이 건네는 거스름돈을 받아들고 돌아서는데 희정의 언니가 주머니를 뒤적이는 게 보였다. 그녀는 돈을 가져오는 걸 잊었는지 물건을 제자리에 두고 그냥 나가려고 했다. 나는 돌아서려는 그녀를 불러 세웠다.

“저, 제가 빌려드릴까요?”

희정의 언니와 나는 자판기 커피를 한 잔씩 들고 벤치를 향해 걸었다. 양복을 말끔하게 차려입은 아저씨 두 명이 앉아 있다가 꽁초를 비벼 끄고 자리를 떴다. 나무 벤치에서 담배 잔향이 올라왔다.

이틀 정도 함께 있었으니 이미 구면이었다. 여자가 말을 건넸다.

"아버님이 어쩌다 그렇게 다치셨나요?"

그녀가 아버님이라고 말할 때 나는 요양원에 입원해 있는 아버지를 떠올렸다. 처음으로 자주 찾아가지 못한 아버지께 미안함을 느꼈다. 나는 그 미안함의 보시를 지금 가까이에 있는, 아버지 연배의 사장님에게 대신하고 있는가? 알 수 없는 노릇이었다.

가족은 무엇일까? 하나뿐인 아들인 재경과 사모님은 이곳에 없고 가까이 있는 내가 가족 노릇을 하는 지금, 가족은 맛없는 속 빈 강정처럼 느껴졌다. 사장님은 진짜 가족이라곤 아무도 없는 이 상황이 슬프지 않을까?

내가 바로 대답을 못하자 여자가 말했다.

"미안해요. 힘드실 텐데. 저도 정말 힘이 드네요. 이제껏 고생만 해온 아인데."

여자는 금세 눈물이 맺혔다.

여자의 동생은 4년째 경기도 양주의 한 골프장에서 사람들이 캐디라고 부르는, 경기 보조원 일을 했다. 대학을 졸업하고도 취직이 안 돼 용돈 벌이라도 할 겸 시작했는데, 많진 않아도 매달 통장에 돈이 들어오고 진짜 취업을 준비할 시간은 없어지면서 캐디로 눌러 앉게 되었다. 동생은 언니가 묻지도 않았는데 올해까지만 일하겠다고, 여러 차례 다짐하듯 말했다고 한다. 하루 종일 무거운 골프채 가방을 메고

공을 찾으러 다니는 일이 고달팠을 텐데, 여자는 자기가 왜 빨리 그 일을 그만두게 하지 못했는지 후회된다고 했다.

병원에 실려 오던 날 아침, 동생은 골프장 안에서만 쓰는 골프 카를 몰고 있었다. 처음에는 별 이상이 없었는데 어느 순간 운전대와 브레이크가 말을 듣지 않더니 차가 뒤집혔고 그 바람에 동생이 튕겨져 나가 저렇게 됐다고 한다. 근무 중에 일하다 난 사고인데도 동생은 산재보험 혜택을 받지 못했다. 오백만 원이 훌쩍 넘는 수술비와 입원비는 골프장에서 가입한 상해보험으로 해결했지만 나머지 부대비용은 모두 언니가 물어야 할 판이었다. 눈 밑의 뜯겨나간 피부도 하루 빨리 성형수술을 받아야 했다.

자판기 커피는 싸늘하게 식어버렸다. 나는 커피를 한 잔 더 뽑아와 따뜻하니 손에 잡고만 있으라고 하며 그녀에게 건넸다.

그날 저녁, 사장님은 1인실로 옮기게 되었다. 짐을 챙겼다. 회사 간부들이 사온 음료와 식사 대용 죽은 언니가 없을 때 희정의 사물함에 넣어두었다.

사장님은 입원한 지 20일이 지나자 퇴원해도 좋을 만큼 회복되었다. 농담도 하고, 코미디 프로그램을 보며 낄낄대기도 했다. 내게는 가끔 미안하다고 했고, 고맙다고도 했다. 나는 낮에 한 번씩 들러 불편한 건 없는지 묻고 밤에는 집에서 잤다.

병원을 지키느라 처리하지 못한 간부들 월급 지급이며 대금 청구 명세서를 빠른 속도로 처리해나갔다. 이런 일쯤은 이제 눈 감고도 할 수 있을 만큼 숙련되었다. 하지만 이런 일들을 여기가 아니면 어디에서 써먹을 수 있을 것인가 생각하니 답이 떠오르지 않았다. 계속 이렇게 살 순 없다고 자판의 숫자를 두드리며 중얼거렸다.

병원 옆 모퉁이에 어제까지 보이지 않던 붕어빵 리어카가 서 있었다. 막 구워진 붕어빵 냄새가 고소했다. 빵 안에 진짜 붕어가 들어 있다면 저렇게 고소한 향기가 나진 않겠지. 그러니 기대와 다른 내용물이 들어 있다고 해서 낙담할 필요는 없다.

2천 원어치만 샀는데도 봉투가 두둑했다. 사장님은 붕어빵을 좋아했다. 생각해보면 사장님도 나쁜 사람은 아니다. 조금 독선적이고, 조금 권위적이고, 조금 위압적이고, 조금 탐욕스럽다. 60대 남자들이 모두 가지고 있을 것만 같은 그 '조금'을 그도 갖고 있을 뿐.

돌이켜보면 아버지도 그랬다. 평생 자기를 돌봐주는 선한 여자를 만난 게 행운인 줄 모르고 살았다. 말년엔 조금 너그러워졌지만 젊은 시절의 아버지는 수시로 엄마의 마음을 아프게 했다. 내가 남자니, 연애니 하는 것에 별 관심이 없는 건 누구에게든 아무것도 기대하지 않기 때문이다.

어쨌거나 사장님은 내게 10년 동안 월급을 주었고, 내가 사장님의 대소사를 챙겨왔듯, 사장님도 내게 적잖이 그렇게 해왔다. 어지간한 가족보다 어쩌면 더 나은 모습으로 서로를 위했는지도 모르겠다. 그러니 지금 나의 병간호는 충분히 설명이 되는 일이다. 마음 없이 해온 일이지만 이제부터라도 아버지처럼 잘 보살펴 드려야겠다고 생각하며 병실로 향했다. 붕어빵이 식기 전에 사장님에게 건네고 싶었다.

병실에 들어서니 한 남자가 사장님과 얘기를 나누다 나를 보고는 헛기침을 했다. 사장님은 얼굴이 살짝 붉어졌고 남자는 침대 위에 펼쳐진 서류들을 챙기기 시작했다. 나는 얼른 밖으로 나왔다. 붕어빵 봉투를 든 채 복도 의자에 앉아 있는데 옆에 앉은 여자가 내 쪽을 보았다. 나는 붕어빵을 한 개 권했다. 그녀는 괜찮다고 했다.

병실에 있던 남자가 나오더니 내게 다가와 목례를 했다.

"저, 잠깐 얘기 좀 나눌 수 있을까요?"

나는 그를 휴게실로 안내했다. 남자는 가방 안에서 서류를 꺼냈다. 아까 황급히 주워 담던 그 서류인 것 같았다.

"저는 오래전부터 사장님 업무를 돕고 있는 개인 변호사입니다. 사장님께서 미스 서, 아니, 성명이 서지혜 씨군요. 사장님께서 서지혜 씨께 전할 말이 있으신데, 직접 하기는

좀 쑥스러우신 모양입니다. 제가 대신 말씀드릴게요. 어떻
게 생각할지 모르겠지만, 사실 이런 일이 아주 없는 것은
아닙니다.”

변호사가 말머리를 빙빙 돌리는 걸 보니 간단한 이야기
가 아닌 것 같았다. 그의 이야기를 정리하면 다음과 같다.

사장님은 부인과 이혼을 생각 중이다. 사는 동안에도 그
다지 정이 없었으나, 아이 낳고 사는 일이 죄 그러하고 그런
것이 인생이라 생각하고 살았다. 허나 이제는 그렇게 살기
에는 인생이 짧다는 생각이 드는데, 이번에 사고를 당하고
보니 더욱 그러하다. 정작 옆에서 간호해야 할 마누라는 보
이지 않고, 평생 뒷바라지하며 거둬 먹인 자식도 쓸모가 없
다. 오로지 믿을 사람은 한 명, 미스 서인데, 아이가 곱고
순하여서 늘 마음이 쓰이고 변변한 부모도 없어 평소 안타
까움을 느끼던 참이다. 미스 서만 괜찮다면 자신의 재산을
종국에는, 모두 미스 서에게 주고 싶다. 대신 조건이 있다.
아내와 이혼하고 나면 미스 서가 자기와 함께 살아주었으면
한다. 자신이 주책이랄 수도 있지만, 사람 외로운 데는 나이
의 많고 적음이 따로 없다고 생각한다. 외로운 사람들끼리
기대어 살면 좋지 않은가? 서른 초반, 아직 어린 나이니 면
사포를 씌워주는 것이 당연하겠으나, 자신의 나이가 너무
많아 결국에는 미스 서에게 부담이 될까 두려우니 식은 조

촐하게 지근거리 몇 사람을 초대해 식사 정도로 치르고 싶다. 만약 이를 허락해준다면, 2억 원을 먼저 지급하고, 2년이 지나면 3억 원을 물품 구입비조로 지급하겠다. 주택은 미스 서 명의로 하고, 자기가 사망할 때는 유산으로 남은 현금과 부동산을 가족이 아닌 미스 서에게 모두 주겠다.

설명을 하는 중간 중간 변호사는 이런 제안 흔치 않다, 따지고 보면 그동안 가족 같이 지내온 사람에게 이상한 제안도 아니다, 당신은 어떻게 아무도 믿지 않는 사장의 마음을 녹였냐는 둥 개인적인 생각과 질문들을 섞었다. 사장이 변호사를 통해 제안했다는 요지는 〈지급명세서〉라는 제목으로 A4 한 장에 빼곡히 적혀 있었다. 변호사는 〈지급명세서〉를 내게 내밀었다.

병원을 나오니 갈 곳이 없었다. 집으로 갈까 했지만 대낮부터 전기장판 위에 앉아 있고 싶진 않았다. 1월의 한 날은 햇빛은 쨍했지만, 공기는 뼈가 시릴 만큼 찼다.

오빠와 나는 할머니가 계신 가족묘에 엄마를 모시려 했는데 엄마는 딴 생각 말고 그냥 화장해달라고 했다. 어린 나이에 시집와서 서슬 퍼런 시어머니 밑에서 사느라 사시사철이 늘 겨울처럼 추웠으니 죽는 날만큼은 따뜻하게 죽고 싶다는 것이 이유였다. 엄마는 생의 마지막에 불 속에서 따뜻했을까?

　회사로 돌아왔다. 10년을 일했는데도 가져갈 건 별로 없었다. 짐을 싸고, 다음 경리를 위해 업무 리스트를 작성했다. 그리고 혹시 몰라 리스트를 출력한 후 모니터 옆에 붙여두었다. 세부적인 일은 해당 폴더 안에 담아두었으니 후임자가 누구라도 바로 일을 시작하기가 어렵진 않을 것이다.

　내 퇴직금을 계산해보았다.

　나는 2000년 1월 10일에 입사했고, 오늘 날짜인 2010년 1월 15일에 퇴사한다. 나의 총 재직기간은 10년 하고 5일이고, 매달 평균 162만 원을 월급으로 받았다. 퇴직금을 계산할 때는 평균임금을 산출해야 하는데, 평균임금에는 퇴직일인 오늘로부터 역산하여 지난 3개월간의 임금 총액과 지난 1년간 수령한 상여금, 퇴직일 전전년도에 발생한 연차휴가를 사용하지 않아서 지급받은 수당의 금액이 포함된다. 150만 원의 상여금과 50만 원의 연차수당은 따로 넣지 않기로 했다. 그간 사장님에게 받은 물건들로 족하다. 그걸 빼고 나니 퇴직금이 1,588만 원 정도 된다. 나는 회사 통장에서 내 통장으로 그 돈을 이체한 뒤 이체 사유에 '미스 서 퇴직금'이라고 적었다.

　은행 업무 볼 때 외엔 낮에 밖에 나올 일이 없었나 보다. 대낮에 회사를 나오니 어디로 가야 할지 막막했다. 그냥 건는 것부터 시작해보기로 했다. 귀에 꽂은 엠피쓰리 겸 라디오에서 디제이의 목소리가 흘러나왔다.

"페르치오 부조니의 피아노 편곡으로 바흐의 코랄프렐루드 가운데 〈주 예수여, 당신을 소리쳐 부르나이다〉 바흐 작품번호 639번을 머레이 페라이어의 피아노로 감상하셨습니다. 다음은 나와 내 주변의 이야기를 작가의 눈으로 포착해내는 시간이죠. '세상 속으로'인데요, 요즘 보기 드문 손 글씨로 빽빽하게 무려 다섯 장이나 적어서 보내주셨네요. 긴 이야기가 될 것 같습니다. 성동구 자양동에서 권수연 씨가 보내주신 사연 지금부터 함께 하시죠."

쨍한 날씨와 어울리지 않는 여자 디제이의 소곤대는 목소리를 들으니 나도 모르게 어딘가 다른 세상으로 옮겨가고 있는 듯한 기분이 들었다.

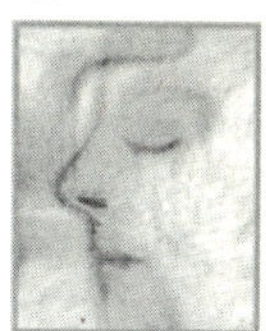

비밀번호 2269

천막 안에 있던 할머니와 눈이 마주쳤습니다. 할머니는 도서관에서 일할 때도 저와 마주치면 저렇게 못 볼 걸 본 것처럼, 혹은 비밀요원이 특수임무 수행 중에 들키지 않으려는 것처럼 제 눈을 외면합니다. 저는 제가 먼저 할머니의 눈길을 피하지 않는 것으로 마음의 부담을 덥니다. 저는 알은체를 하고 싶은데 할머니가 원치 않아서 그 뜻을 따르는 것처럼 말입니다.

안녕하세요? 저는 자양동에 사는 권수연입니다.

한천에 동이 터오지만 세상은 아직 잠들어 있습니다. 성에 긴 창문을 열고 길게 숨을 내쉬어봅니다. 간밤 몸 속 깊이 쌓였던 묵직한 기운이 빠져나가고 숨을 토해낸 빈자리에 스산한 기운이 훅 들어옵니다. 부르르 떨리는 몸을 동그랗게 모양 난 이불 안으로 다시 집어넣어 보지만 부스럭거렸던 통에 잠은 이미 달아났습니다.

부엌에서 달그락거리는 소리가 들립니다. 제 몸을 우려낸 멸치가 된장과 뒤섞이며 문지방 틈새로 냄새를 들여보냅니다. 아침밥이 준비되었습니다. 이불을 개켜 장롱에 넣습니다. 구석에 놓인 전기밥솥에서 밥을 푸려고 문 쪽으로 다가갈 때 할머니가 제 동선을 읽었다는 듯 밥그릇과 주걱을 건네주십니다. 우리 두 사람은 조용히 밥술을 뜹니다. 제가 입을 엽니다.

"할머니, 오늘은 좀 천천히 나가면 안 돼요? 무지 추운데. 할머니가 만날 1등이잖아."

"조기 먹어봐."

할머니는 대답 대신 주름진 손으로 조기를 발라 제 밥 위에 올려주십니다.

식사를 마친 우리 두 사람은 함께 집을 나섭니다. 부엌문이기도 하고 출입문이기도 한 대문 고리에 할머니가 자물쇠를 채웁니다. 번호를 눌러 여는 자물쇠의 번호는 올해 스물둘인 제 나이와 예순아홉인 할머니 나이를 조합한 2269입니다. 해가 바뀔 때마다 한 살씩 더 먹게 되니 자물쇠 번호는 매년 달라집니다.

누울 자릴 보고 다리를 뻗는다고, 허름한 부엌 한 칸에 딸린 방이라 도둑이 들 만한 곳도 못 되지만 혹시라도 들어오려는 눈먼 도둑이 있다면 그에겐 미안한 일입니다. 번호 자물쇠는 닳은 숫자를 보고 여는데, 이 자물쇠 번호는 매번 바뀌는 통에 표면이 고루 벗겨져 가늠하기가 쉽지 않을 테니 말입니다.

한 겨울은 아침 일곱 시가 넘어도 어둑합니다. 사위가 어두우면 괜히 더 울적해집니다. 하루를 시작하는 아침인지 하루를 접는 저녁인지 모를 어둠 때문에, 몸이 밤인 줄 알고 집으로 들어가고 싶어할까 봐 발걸음을 단속해야 하기 때문입니다. 할머니도 내 맘 같지 않을까 싶어 돌아보면 할머니는 새벽의 기운에 휩싸인 듯 푸르기만 합니다. 할머니는 스물두 살의 저보다 강인해 보입니다.

멀리서 불빛 두 줄기가 반짝이며 다가옵니다. 새벽의 버스 헤드라이트는 커다란 짐승이 두 눈을 껌벅이는 모양 같습니다. 언젠가 본 일본 만화영화의 다람쥐처럼 말이죠. 다람쥐 버스에 먹힌 할머니와 저는 나란히 노약자석에 앉습니다.

얼마 전까지만 해도 할머니와 저는 중앙도서관 안으로 함께 들어섰지만 이제 할머니는 행정실이 있는 본관 앞에서 저와 헤어집니다. 몇 개의 피켓이 어지럽게 세워진 본관 앞 천막에는 아직 아무도 보이지 않습니다.

할머니는 지금부터 천막 안에 간이 난로를 피우고 보리차를 끓여 사람들 맞을 준비를 할 것입니다. 나무 피켓에 "농성 20일째"라고 쓰인 종이 딱지가 펄럭입니다. 성기게 붙였는지 20일에서 0이 뜯어져 나갈 것 같습니다.

"할머니 0자 다시 붙여야겠어요. 사람들이 이틀밖에 안 된 줄 알면 어떻게 해."

"알았어. 걱정 말고 추우니까 어서 들어가."

할머니가 천막 안으로 들어가는 걸 보며 저는 도서관으로 향합니다. 도서관에 들어서기 전에 할머니 쪽을 한 번 더 봅니다. 할머니의 모습은 그새 보이지 않지만, 대신 이곳에서도 보일 만큼 큼지막한 피켓과 거기에 쓰인 구호가 보입니다.

"계약해지 천정벽력, 고용승계 인정하라!"

"용역업체 핑계 말고, 대학이 책임져라!"

이런 피켓은 텔레비전 뉴스에서나 보았습니다. 요즘 대학에서는 데모를 하지 않습니다. 대학에서 하는 유일한 데모는 등록금 투쟁뿐입니다. 대부분의 학생들은 그마저도 관심이 없습니다.

저는 줄곧 장학금을 타왔지만 늘 불안했습니다. 학점과 임용고시는 별개니까요. 대학 졸업과 동시에 우리는 한꺼번에 거리로 쏟아집니다. 마치 포대 자루에서 일제히 쏟아지는 감자들 같습니다. 그중에는 골프공이 홀에 들어가듯이 쏘옥 제 자리를 찾아가는 감자들도 있지만, 첫 해에 제 홀을 찾지 못한 감자들은 다시 포대 자루 안에 담겨집니다. 포대 안에서 이리 치이고 저리 치이며 부대끼다가 시간이 지나면 다시 세상으로 쏟아집니다. 그때는 다른 포대들의 마개도 함께 열리니 찾아 들어갈 홀은 더욱 줄어든 상탭니다. 방금 쏟아진 햇감자들과 다시 쏟아진 묵은 감자들은 일면식도 없건만 오래 알아온 사람들처럼 서로를 노려봅니다.

신문? 보면 좋겠지만, 시험은 전공과목과 교육학에서만 나오니 신문을 꼭 볼 필요는 없습니다. 사회면과 정치면, 국제면은 언제 보았는지 기억이 나지 않습니다. 논술을 대비하기 위해 사설은 가끔 일독합니다. 임용고시 정보는 교육부나 교육청 사이트에서, 출제 정보는 고시를 준비하는 인터넷 카페에서 얻고, 그 외에 세상 돌아가는 일에는 일단 관심을 보류합니다. 그런 건 읽다가 밀쳐둔 책과 같아서 다시 안 열어봐도 그만입니다.

복사를 맡겨둔 자료를 찾으러 본관 귀퉁이에 있는 복사실로 들어설 때 천막 안에 있던 할머니와 눈이 마주쳤습니다. 할머니는 도서관에서 일할 때도 저와 마주치면 저렇게 못 볼 걸 본 것처럼, 혹은 비밀요원이 특수임무 수행 중에 들키지 않으려는 것처럼 제 눈을 외면합니다. 저는 제가 먼저 할머니의 눈길을 피하지 않는 것으로 마음의 부담을 덥니다. 저는 알은체를 하고 싶은데 할머니가 원치 않아서 그 뜻을 따르는 것처럼 말입니다.

할머니가 저를 외면하는 이유는 당신이 농성하는 것 때문에 제가 불이익을 받지 않을까 걱정해서고, 제가 할머니를 외면하는 건 혹한에 천막 농성 중인 할머니를 보면서도 할머니와 할머니 동료들이 처한 상황을 알리는 유인물 한

장 사람들에게 건네지 못하는 부끄러움 때문입니다.

임용고시를 앞둔 저는 시험 준비 때문에 그럴 만한 시간이 없다고 자위하지만 사실 마음 깊은 곳에서는 농성과 투쟁이 세상을 바꾸는 시대는 지났다고 생각합니다. 그 생각이 안개처럼 가슴 속을 떠다니고 있습니다. 새벽마다 긴 숨과 함께 안개를 토해내 보지만 하루가 지나면 다시 그만큼 쌓이고 맙니다. 할머니는 자신의 권리를 찾을 수 있을까요, 아니면 부질없는 짓을 하고 있는 걸까요? 저는 잘 모르겠습니다.

제가 여덟 살 때부터 십 년 동안 저를 거두어주던 보육원은 더는 저를 맡아줄 수가 없다고 했습니다. 원장님은 밤무대에서 노래를 부르는 아버지께 이젠 그만 딸을 데려가 달라고 연락을 했습니다. 전화상으론 분명히 사흘 후에 데리러 오겠다고 했다는데 일주일이 지나도 아버지는 오지 않았습니다.

한 달 후 원장님의 소개로 할머니를 만났습니다. 오랫동안 보육원에 후원을 해왔던 할머니는 제 사정을 알고 계셨던 것 같습니다. 아동을 후견인에게 연계하기 위해서는 까다로운 절차가 필요하지만 오래 할머니를 보아온 원장님은 모든 절차를 간소하게 마쳤습니다.

할머니를 따라 나서기 전날 밤 제 방으로 와 짐을 싸주면

126

서 원장님이 말했습니다.

"너를 돌봐 달라고 보내는 게 아니라 네가 할머니를 돌봐 드렸으면 해서 보내는 거야. 아니, 서로가 서로를 돌보면서 살면 좋겠지. 두 사람이 서로 비스듬히 기대고 있는 형상이라서 사람 인(人)이라고 하잖니. 할머니와 기대면서 살아봐. 피붙이가 큰 의미가 없다는 걸 알게 될 거야."

"왜 기다려요? 날도 추운데."

"응. 어차피 다 가고 나면 문단속도 해야 하니까."

"문은 무슨. 비닐 천막이 문이야?"

"문은 문이지. 사람이 들고 나는데. 바람 안 들게 돌로 눌러도 놔야 하고."

같은 직장에서 열심히 일하고 퇴근하는 사람들처럼 할머니와 저는 나란히 교문을 나섭니다. 처음에는 적당히 떨어져서 걷다가 교문에서 어느 정도 멀어지면 붙어서 걷습니다.

"언제까지 할 거예요?"

"글쎄다. 그동안은 무조건 천막을 걸으라고만 하더니 오늘은 책임자란 사람이 나와서 뭘 물어보기도 하더라."

매일 타고 다니는, 덜컹거리는 버스 같은 할머니의 삶. 제가 모르는 과거의 할머니도 늘 이렇게 고단하게 살아왔을까요? 저는 나지막이 "할머니" 하고 불러보았습니다. 부르기만 하고 묻질 않으니 할머니가 저를 빤히 보십니다.

"왜?"

"왜 그렇게 열심히 하는 건데? 할머니가 그 사람들 중에서 나이가 제일 많잖아. 할머니는 빠져도 되잖아."

"어, 우리 내릴 차례다."

기다렸다는 듯 할머니는 제 말을 뚝 자르고 일어나 부저를 누릅니다. 부저 아래에 적힌 "부저를 누르면 문이 열립니다"라는 문구가 눈에 들어옵니다. 세상 어디쯤, 어떤 부저를 눌러야 우리 두 사람 편히 쉴 문이 열리는 걸까요? 그런 문이 있기는 할까요?

자물쇠의 번호를 누르자 "딸깍" 하고 비로소 우리만을 위한 문이 열립니다. 혹시라도 얼까 봐 한 방울씩 떨어지게 열어두었던 수도꼭지에서 "똑똑" 물 듣는 소리가 들리고 부엌의 시멘트 바닥에선 훅 냉기가 올라옵니다. 이제는 이 모든 것이 우리를 맞는 인사려니 합니다.

불을 끄고 광목 이불을 목까지 끌어올리면 이전에 살던 사람이 천장에 붙여놓은 야광별이 켜집니다. 서서히 더블유 모양의 카시오페이아가 선명해지면 주변의 잔별들은 아스라하지만 꽤 운치 있는 밤하늘이 펼쳐집니다.

'계절이 지나가는 하늘에는 가을로 가득 차 있습니다. 나는 아무런 걱정 없이 저 별들을 다 헤일 듯합니다……'

밑줄을 그어가며 외웠던 윤동주의 서시는 두 줄을 넘기지 못합니다. 다음 문장을 떠올리려 애쓰며 설핏 잠이 드는데, 할머니가 말합니다.

"자주 가서 팔아줘라. 서로 돕고 살아야지."

경찰이 쏜 물대포를 맞고 실신한 남편이…… 오랜 농성으로 지치기도 했지만, 평소 심장이 약했던 터라 그 충격을 이기지 못했다고…… 그렇게 세상을 떠나자 대책반이 꾸려지고 실랑이 끝에 보상금이 조금 나왔다고…… 그걸로 방이 딸린 국밥집을 얻었다고…….

대충 이런 이야기가 가물가물 잠의 물결을 타고 일렁입니다. 하지만 나는 자꾸만 꿈속으로 도망가고 싶어집니다.

'할머니, 잠들려는 손녀에게 들려주는 동화라면, 이건 동화일 수 없어요. 너무 무섭고 슬퍼요. 그러니 무서운 이야기는 이제 그만해요. 저는 잠의 파도를 타고 저 멀리 보이는 섬으로 갈 거예요. 그곳에는 나와 같은 문제집을 푸는 애들이 없어요. 할머니, 어서 내 잠 속으로 들어와요. 함께 가요. 어서요.'

할머니가 닦던 계단 난간을 낯선 아줌마가 닦고 있습니

다. 그녀는 학교가, 아니 학교가 지정한 용역업체가 고용한 사람입니다. 아줌마는 공연히 제 눈총을 받습니다. 머리가 생각하기 전에 다리가 먼저 뛰어 내려가며 아줌마를 슬쩍 밀칩니다. 그녀가 중심을 잃고 계단에 털썩 주저앉습니다. 저는 아무것도 못 본 척 재빨리 현장을 벗어납니다.

볶은 자장 냄새가 학생들의 긴 줄을 타고 맨 뒤에 선 저에게까지 전해옵니다. 식당 문이 열리자 한 무리의 학생들이 찬바람을 몰고 들어왔습니다. 그 바람과 함께 아이들도 술렁였습니다.

"할머니들 진짜 대단하다."

"그러게. 이 추위에 삭발이라니, 짱 멋지지 않냐?"

"진정한 파이터들이야."

저는 엘리베이터를 탈 생각도 못하고 무조건 계단으로 뛰어 내려갔습니다.

'아, 제발 할머니가 아니기를. 제발 아니기를.'

'근로기준법 준수하고, 주 5일제 인정하라'라고 적힌 현수막은 뜯겨나간 채 바닥에 내동댕이쳐 있고, '청소 노동자도 사람이다, 인간적으로 대우하라'라고 적힌 피켓은 사나운 남자들이 우지끈 밟고 있었습니다. 땅바닥에는 잘려나간 머리카락들이 솜뭉치처럼, 아니 짐승의 털 뭉치처럼 둥글게 말려 바람에 이리저리 날리고 있었습니다. 그 옆으로 벌거

숭이 민둥산을 머리에 인 할머니가 주저앉아 있고, 다른 할머니들은 피켓을 밟아 부수는 남자들의 다리에 매달려 있었습니다. 남자들은 바짓자락에 붙은 덤불을 떼려는 것처럼 할머니들에게 발길질해댔습니다.

농성 중이던 청소 노동자 아줌마와 할머니들이 바닥에 내몰리고 치이면서 꺼이꺼이 울었습니다. 누군가 울지 말라고 소리쳤고, 누군가 "늙은 노동자의 노래!" 하고 외쳤습니다. 그러자 또 누군가 "나 태어난 이 강산에 노동자되어, 꽃 피고 눈 내리기 어언 삼십 년" 하며 선창했습니다. 할머니는 부서진 피켓을 추스르고 있었습니다. 더는 관객일 수 없는 내가 무대 위로 달려나갔습니다.

"할머니, 이제 됐어. 그만해요. 일어나요. 이제 그만해요."

뜨거운 국밥에서 모락모락 김이 피어올랐습니다. 할머니는 소주를 따서 당신 잔과 제 잔을 채웠습니다. 저는 할머니의 민머리가 보기 싫어 가방 속에서 빵모자를 꺼내 할머니 머리에 씌웠습니다. 제가 하는 짓에 아무런 저항 없이 소주를 들이켜고 한 잔을 더 채우는 할머니.

아까부터 할머니와 저를 힐끔거리던 주인아줌마가 감자전을 한 장 부쳐와 테이블 위에 올려놓았습니다. 그러고는 이걸 주려면 사정을 알아야 한다는 듯 테이블 아래 숨어 있던 의자를 꺼내 우리 곁에 앉았습니다.

"할머니, 일전에 오신 그 할머니 맞지요?"

할머니가 아줌마를 보고 고개를 주억거립니다.

'아, 슬프고 무서운 동화 속 주인공이 이 아줌마구나.'

나는 찬찬히 아줌마를 봅니다.

"점심때가 한참 지났는데 아직 식사를 못 하셨나 봐요. 어서 드세요. 국 다 식겠어요. 뜨거운 국물로 다시 내올까요?"

됐다고 손사래를 치는 할머니.

"우리 손녀예요."

"네. 근데, 실례가 안 될까 모르겠는데, 혹시 항암치료 같은 거 받으세요? 머리를 다 미셔서."

"파!" 하고 할머니가 웃었습니다. 어이없다는 웃음이었지만 이내 호탕한 큰 웃음으로 바뀌면서 할머니는 한동안 정신 나간 사람처럼 손뼉까지 치며 웃었습니다.

"야, 그거 좋다. 맞아요, 항암치료! 내가 지금 암 투병 중이라오. 지독한 암에 걸렸거든요."

"그런데 술을 자시면 어째요?"

"아줌마도 한 잔 할래요?"

빈속에 소주 두 병을 비운 할머니와 제 얼굴은 찜질방에서 금방 나온 것 마냥 후끈 달아올랐습니다. 장사 내력인지 아줌마만 멀쩡했습니다.

취기가 오른 할머니가 꽁꽁 두른 목도리를 풀고 패딩 잠바도 벗어버렸습니다. 그때, 아줌마의 두 눈이 할머니의 가슴에 꽂혔습니다. 할머니의 가슴 위로 둘러진 하얀색 앞치마에는 "비정규직 철폐, 생활임금 쟁취"라는 붉은 글자들이 선명히 돋아나 있었습니다. 어찌나 선명한지 글자가 가슴을 뚫고 나올 것 같았습니다. 글자들이 살아 외치는 것 같았습니다.

그 외침을 들은 것인지 아줌마는 눈시울을 붉히더니 주방으로 뛰어갔습니다. 우리 뒤 테이블에 있던 손님이 "아줌마, 여기 계산이요" 하고 불러도 아줌마는 나오지 않았습니다. 하는 수 없이 제가 메뉴판의 가격과 그들이 앉았던 테이블을 번갈아 보고 대충 셈을 해 돈을 받았습니다. 모자라는지 더 받았는지 저로선 알 길이 없습니다.

눈이 빨개진 것도 모자라 루돌프 사슴 코가 되어버린 아줌마. 둥글고 뭉툭한 아줌마의 코는 어쩐지 슬픔을 감지하는 센서 같았습니다.

식은 국밥을 치우고 다시 뜨거운 국밥을 할머니와 제 앞에 내려놓으며 아줌마가 말했습니다.

"죄송해요. 너무 죄송해요."

무엇이 죄송하단 것인지 훌쩍거리며 아줌마는 계속 죄송

하다는 말만 되뇌었습니다.

집에 돌아가 쉬고 나오자고 해도 할머니는 한사코 다시 천막으로 왔습니다. 할머니를 보자 다른 할머니들이 한달음에 모여듭니다. 그리고 학교 관계자가 찾아와 오늘은 이쯤 할 테니 내일 중으로 접으라고, 접지 않으면 용역을 불러다 끄집어내겠다는 엄포를 놓고 돌아갔다고 엄마에게 동생 잘못을 이르듯 말했습니다.

할머니와 저는 찢어진 천막에 비닐을 덧대고 부서진 피켓을 다시 손봤습니다. 저도 할머니가 두른 앞치마와 똑같은 앞치마를 가슴에 둘렀습니다.

무척 긴 하루였습니다.

❖

권수연 님, 사연 감사합니다. 잠시지만 수연 님이 이끈 곳에 함께 있었던 기분입니다. 치열하고 모진 삶 가운데서도 희망의 끈을 놓지 않는 수연 님과 할머니께 이 곡을 보내드립니다. 작품번호 1043번 바흐의 〈두 대의 바이올린을 위한 협주곡〉을 힐러리 한의 연주로 듣겠습니다.

껌 두 알

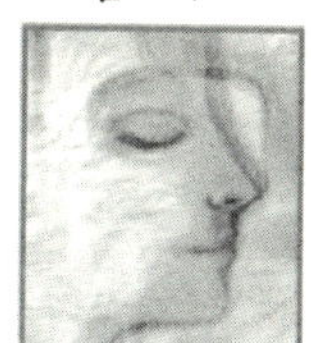

그녀는 그 사이 눈가의 얼룩을 대충 지운 것 같았다. 인턴은 연속으로 두 번 눌러 캡슐 안에서 껌을 꺼낸 뒤 입 속에 털어 넣었다. 품새가 꼭 약이라도 먹는 것 같아 물도 함께 대령해야 할 것 같았다.

"이 껌은요, 꼭 두 알씩 먹어야 해요. 하나로는 통증이 잘 안 가셔요. 저는 두통약도 꼭 두 알씩 먹거든요. 이건 껌이 아니고 기분 좋아지는 약이에요. 씹으면서 '좋아져라~' 하고 빌면 진짜 좋아져요. 언니도 두 알 씹어보세요."

1

"네가 면접에서 사시나무처럼 떤 게 내 탓이라는 거야?

"그러니까 왜 하필 그 시간에 전화를 하냐고!"

"언제부터 우리가 시간 정해놓고 전화했는데?"

"미안해. 머릿속이 면접으로 꽉 차서 다른 생각할 겨를이
없었어."

"나 그때 배를 움켜쥐고 바닥을 구르고 있었어. 너밖에
전화할 사람이 없었는데……. 됐다, 그만하자."

"그래, 이제 그만하고 만나서 밥 먹자."

"아니, 우리 관계 그만하자고."

"왜 그래? 미안하다잖아."

"나 먼저 끊을게."

현의 다급한 목소리가 전화선에 매달려 있었지만 수화기를 놓았다. 간밤에 식은땀에 절어 풀 먹인 것처럼 빳빳해진 베개 커버를 벗기는데 손이 떨렸다. 용량보다 세제를 한 스푼 더 넣고 평소보다 두 배의 시간을 맞춰 빨래를 돌렸다. 세탁기가 "우웅—" 하고 돌 때마다 머리가 지끈거렸다. 속살만 드러난 베개를 안고 얼굴을 파묻으니 눈두덩이가 따가웠다. 거울을 보니 눈이 퉁퉁 붓고 쌍꺼풀은 풀려 있었다. 얼음을 마른 수건에 말아 양쪽 눈에 번갈아 댔다. 한쪽 눈으로만 보는 꽃무늬 벽지는 지금 내 머릿속만큼이나 어지러웠다. 가방을 메고 집을 나섰다.

서울은 냉정하고 무심한 여자친구 같다. 매일 아침 버스 안에 빽빽이 들어찬 건조하고 메마른 얼굴들. 자리에 앉은 사람들은 눈을 꾹 감고, 서 있는 사람들은 멍하니 창밖만 본다. 이어폰으로 귀를 막고 사각으로 길게, 딱 자기 몸만큼의 투명한 장벽을 친 사람도 보인다.

광장의 이순신 장군 동상을 지나자마자 정차하는 버스가 앞뒤로 입을 크게 벌리면 사람들이 쏟아져 내린다. 그리고 순간이동을 하는 것처럼 순식간에 사라져버리는 사람들. 그렇게 사람들을 쏟아내고 달아나는 버스의 꽁무니를 나는 한

동안 바라보았다.

"서울에 가면 뭐가 좋냐? 거긴 사람 살 곳이 못 된다더라. 서울에 있는 대학 나오면 서울에서 살고, 지방에 있는 대학 나오면 지방에서 살아야지 왜 다들 서울로 가려고 하는데?"

유난히 도시를 버거워하던 아버지. 지방대 나온 사람은 지방에서 살면 좋겠다는 아버지 말씀을 들었다면 좋았을까? 아버지와 함께 살며 광역시의 작은 사무실로 출퇴근했으면 좋았을까?

2

"저 인간, 또 시작이다."

옆자리에 앉은 G가 내 잔에 술을 따르며 낮게 속삭였다.

새로 온 인턴을 앞에 두고 S가 예의 그 호구 조사를 하는 중이었다.

"몇 년생이야?"

"84년생입니다."

"가만있자. 그럼 무슨 띤가? 그럼 스물일곱이니까……."

"쥐띱니다."

"그렇구나. 집은?"

"부모님은 마산에 계시고, 저는 이문동에 삽니다."

"이문동? 나랑 같은 동네네."

"사무관님도 이문동에 사세요?

"아니, 나는 쌍문동. 이문동이나 쌍문동이나 같지 뭐."

"아, 네."

"그럼, 고등학교 졸업하고 올라온 거야?"

"아니요, 대학 졸업하고 왔습니다. 서울 생활은 이제 3년 다 되어갑니다."

"그래? 지방대 나왔구나."

"네."

"어느 학교?"

머리카락을 하나로 질끈 동여맨 84년생 인턴의 이마에는 송알송알 땀이 맺혀 있다. 그녀는 뜨거운 햇볕 아래서 볼이 벌게지도록 벌 선 아이의 얼굴을 하고 있었다.

"사무관님, 뭘 그렇게 꼬치꼬치 물으세요? 꼬치구이 만드실 거예요? 하하, 저도 술 좀 주세요."

G가 구해주지 않았다면 S의 심문은 끝도 없이 계속되었을 것이다. 84년생 인턴은 고양이에게 잡혔다가 놓여난 쥐처럼 작은 숨을 몰아쉬었다. 그 나직한 안도의 숨소리를 적어도 나는 들을 수 있었다.

3년 전, 나도 저 인간 앞에서 똑같은 의식을 치렀다. 그땐 구해줄 G도 없었다. S가 나와 단둘이 기어이 2차를 가야 한다고 우겼고, 그 자리에서 나는 S만을 위한 신상명세서를 다시 읊었다. 그날 이후 동료들은 내 고향과 출신 대학은 물론이고 사귀는 사람이 있는지 등을 알게 되었다.

S는 회사 내에 '친목 동호회'를 만들었다. 동호회 멤버가 되려면 일정한 자격을 갖추어야 하는데, S와 출신 대학이 같은 사람이 우선 대상이 되었다. S와 같은 과는 진골 대접을 받았다. S는 소위 'SKY대'의 'K'에 속했다. 그러니까 인턴을 상대로 하는 조사는 출신 지역과 대학을 확인하는 1차 면접인 셈이다.

그들은 회동이 잦았다. 늘 몰려다녔고 자기들끼리 체육대회도 열었다. 인사 시즌이 다가오면 K들은 더욱 자주 뭉쳤다. 일단 S와 신뢰를 쌓은 뒤 자기가 가고 싶은 부서의 청원을 넣어두면 그곳으로 가게 된다는 말이 돌았다. 친목 회원이 아니고서는 누구도 S를 먼저 찾지 않았지만, S가 만나자고 하면 누구도 거절하지 못했다.

3

현과 나는 대학 4년 동안 붙어 다녔다. 오른쪽 다리를 저는 현과 함께 걸으면 늘 뭇사람들의 시선이 느껴졌지만, 현은 자신의 다리를 감기에 걸려 살짝 가라앉은 컨디션 정도로 여겼다. 마음껏 걷고 뛸 수가 없으니 집에 틀어박혀 책만 보았다는 현은, 특히 역사와 철학에 관심이 많았다. 현은 늘 원인과 결과를 분석하길 좋아했다. 작은 것은 작은 것대로 큰 것은 큰 것대로 각자의 자리가 있으며, 둘은 서로 연결되어 있기 때문에 전체를 통찰하고 나면 역사고 사람이고 별로 불행할 것이 없다는 낙천주의자였다.

작은 일 하나에도 안절부절못하는 나는 예민한 성격 탓에 삶이 고달팠으므로 매사 그토록 담담한 현이 놀랍기만 했다. 같은 수업을 듣고, 함께 밥을 먹고, 나란히 앉아 밤늦게까지 공부하면서 나는 현을 마음속 깊이 좋아하고 존경했다.

대학을 졸업하던 해 나는 운이 좋았고 현은 나빴다. 나는 서울에 있는 중앙부처 공무원 시험에 합격했지만 현은 낙방했다. 현은 첫 해에는 낙담하지 않았다. 하지만 만점에 가까운 필기 점수를 받으면서도 3년째 같은 시험에서 떨어졌을 때, 현은 자신의 다리가 그 일의 결과로 작용한다고 믿는 것 같았다. 현은 자기 다리를 의식하기 시작했고, 자신을 의심하기 시작했다.

한 번은 지나가던 사람과 가볍게 몸이 스쳤을 뿐인데 현의 얼굴이 사납게 일그러지더니 상대에게 사과하라고 소리를 쳤다. 그 후로 나는 현과 함께 걸을 때 현의 속도와 보폭이 신경 쓰였다. 현은 마시지 않던 술도 자주 먹자고 했다. 비슷한 주말이 반복되면서 일에 시달린 평일보다 현과 함께 보내는 이틀이 훨씬 힘겹게 느껴졌다. 서울행 막차에 오르면 몸이 물 먹은 솜처럼 좌석에 착 가라앉았다.

'이런 게 불행이구나.'

변함없을 것 같던 7년차 커플의 절망은 화선지에 먹물이 번지듯 빠르게 현의 다리를 물들이더니 내 마음에도 스며들었다. 현을 향했던 존경의 빛이 스러지고 있었다.

4

"거긴 늦게 가면 자리 없어, 빨리 가자."

P의 말대로 점심시간 10분 전에 나섰는데도 파스타 가게 앞엔 사람들이 길게 늘어서 있었다. 새로 생긴 음식점을 귀신처럼 알아내는 P의 나이는 4년 전부터 39세에 멈춰 있다. 나이를 물으면 늘 30대 후반이라고 말하는 P는 멋 내기를 좋아하고 남이 사주는 맛있는 음식을 찾아다니며 먹는 게 취미다. 그녀는 독신주의자는 아니지만 아직 연이 닿지 않아 '필'이 충만한 짝을 못 만났다고 했다.

“지난주에 선봤다면서요. 어땠어요?”

크림 스파게티를 포크에 돌돌 말며 내가 물었다.

“얼굴이 좀 된다 싶으면 5남매의 장남이고, 형제가 단출하다 싶으면 지방 출신이고 그러네.”

“P야, 서울에서 지방 출신 아닌 사람 찾기가 어디 쉽냐? 언젠가 신문에서 보니까 서울 사람 열에 일곱은 지방에서 온 사람이라는데 뭘 그리 깐깐하게 굴어?”

“아니, 지방 출신까진 괜찮은데 지방대 출신이더라고. 그건 내 취향이 아니거든.”

나는 밥을 먹고 싶었지만 메뉴를 하나씩 주문해서 골고루 맛보기를 좋아하는 P가 먼저 메뉴 세 개를 주문해버려 어떤 음식이 있는지도 모른 채 해산물 크림 파스타를 받았다. 해산물을 대충 씻었는지 파스타에서 비릿한 냄새가 났다. 나는 물만 조금씩 들이켰다.

“크림 싫으면 피자 먹어. 이거 맛있어.”

G는 피자를 좋아했다. 피자는 말하자면 서양 빈대떡인데, 왜 동양 빈대떡은 이런 맛이 안 나는 거냐고 투덜대기도 했다. G가 말했다.

“84년생 인턴 꽤 붙임성 있더라. 시키는 일도 곧잘 하고. 귀엽던데.”

“확실히 잘 뽑았어. 이번엔 오래 갈 것 같아.”

P가 뭔가 알고 있다는 투로 말했다.

"무슨 말이야?"

"못 들었어? 걔 뽑을 때 나름 경쟁률 치열했대. 'SKY대'뿐만 아니라 유학파도 여럿 있었대."

"그래? 장 과장 학벌 좀 따지는데 왜 지방대생을 뽑은 거야?"

"기억 안 나? 작년에 버클리대 나온 애 뽑았는데 3일도 못 버티고 그만뒀잖아. 걔가 일종의 학습효과를 줬던 거지. 잘난 것들은 절대로 오래 있지 않더라는. 그러니 어딜 가도 뽑아줄 리 없는 사람을 뽑아서 감지덕지하며 열심히 일하게 하는 게 낫겠다 싶었던 거지. 어차피 '잔일' 하는 거잖아."

"하긴. 스펙 좋은 애들은 철새처럼 자주 날아다니니까 일리가 있네. 우린 시대 잘 만나서 취직했지, 요즘처럼 스펙 쌓고 들어와야 했으면 평생 취직 못했을 거야. 그치?"

G가 한탄조로 말하자 P가 자기는 빼달라고 한다. 누가 봐도 넘치는 지성미와 교양미가 바로 자기의 스펙이라면서.

파스타는 더 먹을 수 없을 만큼 굳었다. 크림이 말라버린 접시 가장자리에 어디에서 날아왔는지 모를 하루살이가 달라붙어 있었다. 너무 작아서 주의 깊게 보지 않으면 못 보고 지나쳤을 것이다.

"다 먹었으면 가자. 오늘은 누가 낼 거야?"

"지난번에 영주가 냈잖아. 이번엔 당신 차례 아냐?"

G가 P에게 말했다.

"그런가? 이번엔 더치페이하자. 얼마 전에 구두 세게 질렀더니 부도 직전이야."

"또 그런다."

"그냥 제가 낼게요."

계산대 앞 여자 직원에게 카드를 건네며 내가 말했다.

"음식 주변에 하루살이가 날아다니네요. 이러면 다시 오고 싶겠어요?"

계산을 하던 직원이 죄송하다며 다음에 오면 잘해드리겠다고 연신 고개를 숙였다.

"어머, 그랬어? 나는 못 봤네."

우리 두 사람의 이야기를 듣고 있던 P가 웃으며 말했다. 눈꼬리를 살짝 올리며 웃는 게 무언가 재미있는 걸 보았다는 표정이었다. 그리고 한 마디 던졌다.

"근데 자기, 은근 성깔 있다."

5

잠시 자리를 비웠더니 복사기가 또 애를 먹인다. 종이 걸

림 신호에 불이 깜박이고 있었다. 옆 커버를 열었더니 종이가 부챗살처럼 얌전히 접혀서 걸려 있다. 종이가 찢어지지 않도록 조심스레 펴서 뽑아내는데 84년생 인턴 얼굴이 반쯤 드러난다. 다 꺼내놓고 보니 그녀의 이력서였다. 앞면은 글자가 뭉개져 보이는데 뒷면은 그럭저럭 선명하게 읽혔다. 자기소개서에는 그녀가 이곳에 오기 위해 어떤 노력을 해왔는지와 자격증 취득 현황이 연도별로 나열돼 있었다. 순간 3년 전 내 이력서가 떠올라 뺨이 훅 달아올랐다.

"저는 겸손하고 자애로우신 부모님 아래서 바르게 자랐고……."

한 면접관이 코끝까지 내려온 안경을 엄지로 가볍게 밀어 올리며 그 구절을 읽었다.

"아직도 이런 복고적인 소개서가 있네. 장영주 씨, 어떻게 자라는 게 바르게 자라는 거예요? 부모님 뭐하시는 분이에요?"

그기 실실거리사 다른 면접관들도 함께 실실거렸다.

"장영주 씨, 홍당무가 됐네. 묻는 말에 대답을 해야죠."

84년생 인턴은 복사를 하다 잠깐 자리를 비운 것 같았다. J국장은 자기 박사학위 논문을 근무 시간에 썼다. 직원들은 알면서도 모르는 척했다. J국장의 논문이 자신들과 무슨 상

관이랴. 그러나 인턴과는 상관이 있었다. J국장은 논문에 인
용될 그 많은 원서와 국내 참고서적을 비싸다는 이유로 번
번이, 통째로 인턴에게 복사하게 시켰다. J국장은 지나가다
복사하고 있는 인턴을 보며 "고마워. 세상의 모든 노동은
신성한 거야. 일같잖은 일은 없어" 하고 말했다.

복사실을 나오는데 휴대전화가 부르르 울린다. 큰 언니다.

6

"왔어?"

"응. 왜 기다려? 먼저 저녁 먹으라니까."

서경이는 자고 있었다. 언니와 둘이 밥상을 마주하고 앉
았다.

"하루 종일 서울대를 헤집고 돌아다니더니 피곤했나 봐.
몇 술 뜨더니 바로 곯아떨어지네."

"재미있어 해?"

"꼭 가야겠대. 보여주길 잘했어. 돌아가면 눈에 불을 켜고
공부하겠다는데."

"어이고. 뉘 집 딸인고?"

"내 딸이지."

언니가 환하게 웃었다.

"죽도록 공부만 해야 할 텐데 너무 힘들지 않겠어?"

"젊어서 고생은 사서도 하는데, 뭐. 다 자기 잘되라는 건데 군말할 거 있냐?"

"살살 해. 아직 고1인데."

"애가 뭘 몰라도 한참 모르는구나. 고1이면 이미 늦었어요. 너 그렇게 헐렁하니깐 학교 때 공부가 그 모양이었지. 그래도 넌 공무원도 되고 그만하면 잘 풀렸어."

언니는 서경이가 자고 있는 방 쪽을 바라보며 자기 어깨를 주물렀다.

"아이고, 어깨야. 쟤보다 내가 더 힘들었나 봐. 암튼, 쟤는 지 아빠는 아냐. 꼭 나지."

언니가 이대에 합격하던 날, 엄마는 떡을 몇 말을 해댔는지 모른다. 엄마는 동네 어른들께 일일이 떡을 들고 찾아가 "우리 영은이가 이대 영문과에 합격했어요" 하고 말했다. 어른들은 어쩜 그렇게 총명한 딸을 두었냐고 칭찬을 아끼지 않았고 모두 자기 집 일처럼 기뻐해주었다. 아버지는 거기까지만 하라고 했지만 엄마는 '축 장정근 김복순 장녀 장영은 이대 입학'이라고 박은 플래카드를 동네 입구에 걸었다. 언니는 처음엔 괜한 짓 하지 말라고 했지만 그뿐이었다. 언니가 서울로 가기 전까지 플래카드는 동네사람이면 누구나

볼 수 있는 자리에서 자랑스럽게 펄럭였다.

이듬해 둘째인 영아 언니도 서울 유수의 대학에 붙었지만 엄마의 기쁨은 큰 언니 때만 못했다. 사람들은 원래 부모는 뭐든 첫째가 하는 걸 제일로 친다고 했다.

우리 모두는 언니가 졸업하면 커리어우먼이 될 거라고 믿었다. 그런 언니가 졸업을 앞두고 마지막 방학을 지내러 고향에 내려왔을 때 윗마을 방앗간 집 큰아들을 만나, 그 다음 해 결혼을 했다. 욕심 많은 언니가 취직도 마다하고 마을 남자와 결혼하겠다고 가족들에게 선언했을 때 나와 영아 언니가 큰 충격을 받았으니 엄마는 오죽했을까?

엄마는 울며불며 언니를 말렸지만 언니는 어쩐 일인지 꼭 그 결혼을 하고 싶어 했다. 엄마는 언니가 결혼한 후에도 한동안 형부와 눈도 마주치지 않았다. 잘난 큰딸 인생에 마침표를 찍은 인간이라는 이유 때문이었다.

언니는 여름방학 동안 서울의 짜하다는 학원에 서경이를 등록시키고 돌아갔다. 영어, 수학만 스파르타식으로 지도한다는 곳이었다. 서울에서 한 달을 보내게 될 서경이는 공부에 대한 중압감보다는 낯선 생활에 대한 설렘과 미래에 대한 기대로 들뜬 듯 보였다.

"서경아!"

"응?"

“힘들지 않아?”

“뭐? 공부하는 거?”

“글쎄, 이것저것. 난 너만 할 때 참 고민이 많았던 거 같은데. 지금은 하나도 기억나지 않지만.”

“이모.”

“응?”

“열일곱이 어린 나이 같지만 먹을 만큼 먹은 나이거든. 무슨 말이냐면, 인생 알 만큼 안다 이거지. 욕심 많은 엄마가 왜 취직 안하고 덜컥 결혼해버린 줄 알아?”

“이유가 뭔데?”

“엄마는 나한텐 죽었다 깨어나도 안 해줄 얘기지만 아빠한테는 했다는 거 아냐. 그래서 부부가 좋은 건가 봐. 엄마는 대학에 가자마자 너무 놀랐대. 세상에 똑똑한 여자가 너무 많아서. 자기가 제일 똑똑한 줄 알았는데, 자기보다 잘난 여자가 너무 많더라는 거야. 할머니는 자꾸 고시 보라고 성화인데 자신은 없고, 그때 아빠를 만난 거지. 아빠가 엄마한테 이렇게 말했대. ‘힘들었겠어요. 이제 나한테 기대요.’ 캬, 죽이지? 그 말을 듣고 엄마가 주르르 눈물을 흘리더래.”

“그래?”

“아빠가 그랬어. 잘난 네 엄마도 그랬으니까, 나더러 자신을 너무 들볶지 말라고. 나는 내가 알아서 하겠다고 했어.

이모, 난 그랬던 엄마가 좋아. 엄만 적어도 화려한 외로움을
택한 건 아니잖아.”

　다른 똑똑한 사람들에 치여 슬그머니 뒤로 물러나는 큰
언니의 모습은 얼른 상상이 안 됐다. 언니는 늘 자신감이
넘치고 영리해서 언니 앞에만 서면 나는 주눅이 들곤 했었
다. 그런 언니도 세상이 두렵고 외로웠다고 생각하니 괜히
마음이 울컥했다.

7

　원두커피를 내려 마시려고 휴게실 문을 여는데 뭐가 걸
렸는지 문이 젖히지 않았다. 고개를 돌려보니 인턴이 쪼그
리고 앉아 있다. 그녀는 마스카라가 번진 눈을 스윽 훔쳐가
며 소리도 내지 않고 울고 있었다. 나는 가만히 문을 닫았
다. 9시 출근 시간까지는 30분 정도 여유가 있고, 아직 많은
책상이 주인을 기다리고 있었다. P의 책상 위에서 티슈를
손에 잡히는 대로 뽑고 그녀가 자주 들여다보는 손바닥 거
울을 들었다. 미지근한 유자차도 만들었다. 10분 쯤 기다렸
다가 다시 문을 열고 인턴에게 티슈와 손거울을 건넸다.

　“비싼 마스카라라 그런지 물에도 강하네요. 얼룩이 잘 안

지워져요."

묻지도 않는데 혼잣말을 한다. 닦아낼수록 마스카라가
번져서 인턴의 눈 주변이 까맣게 변했다.

"그러지 말고 세수하고 와."

"사람들 놀라게 해주죠, 뭐. 근데 선배님 껌 있으세요?"

"껌?"

"네, 겉옷 속옷 벗겨야 하는 껌 말고, 소화제처럼 톡 눌러
서 먹는 껌이요."

"없는데, 사다줄까? 꼭 그 껌이어야 해?"

"네."

'껌 종류가 이렇게 많았나? 어떤 껌이라고 정해주지 않았
으면 손에 잡히는 대로 아무거나 집어왔을 텐데 다행이다.
너는 콕 집어서 자기 표현하는 사람이구나.'

"여기, 껌."

그녀는 그 사이 눈가의 얼룩을 대충 지운 것 같았다. 인턴
은 연속으로 두 번 눌러 캡슐 안에서 껌을 꺼내고 입 속에
털어 넣었다. 품새가 꼭 약이라도 먹는 것 같아 물도 함께
대령해야 할 것 같았다.

"이 껌은요, 꼭 두 알씩 먹어야 해요. 하나로는 통증이 잘
안 가셔요. 저는 두통약도 꼭 두 알씩 먹거든요. 이건 껌이
아니고 기분 좋아지는 약이에요. 씹으면서 '좋아져라~' 하

고 빌면 진짜 좋아져요. 언니도 두 알 씹어보세요."

언제부터 언니? 넉살 좋은 아이처럼 그녀가 언니라고 부르자 나는 진짜 그녀의 언니가 된 것 같았다. 나도 그녀처럼 껌 두 알을 꺼내 입에 털어 넣었다. 기분이 한결 좋아지는 것 같았다.

현은 계속 면접을 보고 있을까? 현은 긴장하면 딸꾹질을 하는데. 미리 알았다면 면접 들어가기 전에 껌 두 알을 줬을 텐데.

굳은살

영주를 처음 봤을 때, 아홉 살 때 옆집에 살던 아이가 생각났다.
긴 머리를 양 갈래로 땋고, 분홍색 원피스를 입고, 빨간 구두를 신은
그 아이는 내게 와서 물었다. "너는 왜 바지만 입어?" 그러면 나는
말했다. "너는 왜 치마만 입어?"
영주의 첫 인상은 내게 왜 바지만 입느냐고 묻던 그 여자아이랑
똑같았다. 그 애가 커서 내 앞에 나타난 줄 알았을 만큼.

나 서울 가는 중이야. 면접. 저녁에 잠깐 볼 수 있을까?

역에 도착할 때까지 답이 없더니 한 시간 쯤 지났을 때 영주에게서 문자가 왔다.

오늘 회식. 좀 늦을 텐데.

늦어도 괜찮아. 연락해줘.

'늦는다는 건 대략 몇 시?'라고 다시 보내려다가 그만두었다. 아쉬운 사람이 기다리는 법이니까.

서점을 천천히 둘러보면서 책을 몇 권 샀다. 국숫집에서 늦은 저녁을 먹고 이순신 동상에서부터 경복궁까지 이어지는 콘크리트 광장을 걸었다. 광장은 사람들로 넘쳤지만 어쩐지 내겐 대형 건물의 조감도처럼 정적으로 느껴졌다. 서울 시내 지도를 꺼내 보며 삼청동 길을 따라 걷다가 인사동

방향으로 내려왔다. 오른쪽 다리가 욱신거렸지만 사람들이 빼곡히 들어찬 카페에 앉아 있기는 싫었다. 그렇게 시간을 보냈는데도 9시였다. 얼마나 바쁜지 한 젊은 남자가 내 옆을 쌩하니 지나갔다. 그를 붙잡고 필요하다면 내가 가진 시간을 주겠다고 말하고 싶었다. 더는 걷기가 힘들어 카페에 들어서는데 문자가 왔다.

조카가 와 있어서 안 될 것 같아. 그냥 집에 가야겠어.

늦어서일까 보고 싶지 않아서일까 궁금했는데, 아무래도 후자였나 보다. 그렇다면 쉽게 거절 못하는 영주로서는 늦게라도 보자는 내 문자 때문에 지금껏 불편한 시간을 보냈을 것이다. '잠깐도 못 봐?', '내가 불편해?', '지금까지 기다리게 해놓고 뭐야?', '네 생각만 하는구나!', '도대체 뭐가 문제야?', '더 늦어도 상관없어. 기다릴게' 같은 많은 말들이 머릿속에 떠다녔지만 쓸 만한 건 하나도 없었다.

그래. 잘 들어가.

"장현 씨?"

"네."

"들어올 때 보니까 다리를 절던데, 다쳤나요?"

"어려서 소아마비를 앓았는데, 지금은 다 나았습니다. 걸을 때 살짝 저는 정돕니다."

"다 나았다고요? 지금도 전다면 다 나은 게 아니죠."

그리고는 질문이 없다. 나란히 앉은 두 명의 응시자에게는 최근의 읽은 책에 대해 묻고, 요즘 시즌에 어떤 책을 기획하면 소구력이 있겠는지를 물었지만 내겐 다리를 다쳤느냐는 질문 외엔 없다. 이 질문을 받으러 서울까지 왔단 말인가?

"수고하셨습니다."

옆자리의 응시자가 일어서는 걸 보며, 끝났으니 이제 나가라는 뜻이라는 걸 알았다. 얼밋얼밋하고 있는데 내게 질문했던 면접관이 다시 내 이름을 불렀다.

"장현 씨, 잠깐만요. 아, 다른 분들은 나가셔도 좋아요."

야단맞으러 가는 아이처럼 나는 다시 자리로 불려왔다.

"냉정하게 들리겠지만 장현 씨에게 도움이 될 것 같아 말씀드려요. 다음에 이력서를 쓸 땐 소아마비 병력을 적어두세요. 번거로운 수고는 덜 거예요. 멀리서 오신 걸 감안해서 어비는 드리겠습니다. 건투를 빕니다."

집으로 내려가는 버스에 올라타서 좌석 등받이를 뒤로 젖히고 나니 그제야 참았던 숨이 터져 나오며 면접 장면이 떠올랐다. 몸 전체가 홧홧하게 달아오른 나를 다른 면접자들이 볼까 봐 고개도 못 들고 급하게 나왔다. 면접 도우미가 뒤에서 부르는 소리가 들렸지만 돌아보지 않았다. 아마도 여비를 주려는 것이었겠지. 면접 본 출판사를 벗어나 지하철을 타려고 지하도를 내려오는데 분하고 서러운 마음이 복받쳐 올랐다.

영주를 만난 지 3년째 되는 가을, 영주의 고향집에 놀러 갔을 때의 일이 떠올랐다. 딴에는 예의를 차린다고 참치 선물세트를 들고 정장을 차려입고 갔다. 영주 어머니는 과일을 내오고는 연신 내 다리를 힐끔거렸다. 정말 궁금한데 차마 묻지 못하는 얼굴을 하고서. 영주 어머니의 시선에 갇힌 내 다리는 거미줄에 걸린 먹이처럼 옴짝달싹할 수 없었다. 영주 어머니는 무릎 꿇고 앉은 나를 보고 자꾸 편하게 앉으라고 했지만, 자세를 바꾸면 가는 다리가 더 잘 보일까 봐 나는 그러지 못했다.

동아리 선배들은 행여 내가 다리 때문에 낙담할까 봐 내 학점과 실력이면 못 갈 곳이 없다고 추켜세워주었다. 나 역시 내 다리를 핑계 삼는 건 비겁하다고 여겼다. 그러나 이쯤 했으면 받아들이지 않을 도리가 없다. 연속 낙방의 이유는 내 다리 때문이 아닐까?

몇 년간 공무원 시험에 응시했지만 내리 낙방하고 나니 이젠 어떤 회사라도 들어가야 할 것 같았다. 그나마 내 성격에 가장 잘 맞을 듯해서 지원한 곳이 출판사였다. 그런데 이곳에서도 내 다리가 문제가 될 줄은 몰랐다. 직종이 요구하는 업무 내용과 관련 없는 신체 조건을 이유로 입사에 불이익을 주었다고, 해당 기관에 진정을 넣어볼까도 생각했다. 그러다 이내 생각을 접었다. 다 부질없는 일이다.

아이는 걸어야 할 나이인데 비칠비칠하더니 맥없이 푹 쓰러지길 반복했다고 한다. 엄마는 숨이 멎는 것 같았다고 한다. 엄마 어릴 적 소아마비를 앓던 친구들이 하던 모양새와 똑같아서. 엄마는 나를 둘러업고 사방으로 뛰었다. 병원으로, 한약방으로, 용하게 뼈를 맞춘다는 선생에게로. 지금도 시골집을 떠올리면 한약 달이는 냄새가 손에 잡힐 것만 같다. 온전히 엄마의 정성으로 내 다리는 눈에 띄게 좋아졌다. 하지만 여전히 누군가와 함께 걸을 땐 상대가 의식적으로 내 속도를 맞춰주어야만 한다.

지금껏 내가 다리를 의식하지 않고 지낼 수 있었던 것은 순전히 영주 덕분이었다. 영주는 내가 늘 씩씩하고 의연해서 좋다고 했다. 그녀가 그런 나를 좋아해주니 정말 내가 온전한 사람인 것처럼 생각되기도 했다. 아니, 나는 영주가 원하는 사람이 되고 싶었다. 겁 많고 소심한 진짜 내 모습이 드러날까 봐 전전긍긍하기도 했지만 나는 영주가 내 느린 걸음에 보폭을 맞춰주는 만큼 대개 영주의 기대에 맞추려고 노력해왔다. 그래서였을까? 영주에겐 힘들어도 힘들다고 말할 수가 없었다. 그녀를 실망시키고 싶지 않아서라기보다 그녀 기억 속에 영원히 멋진 사람으로 남고 싶은 내 욕심이 더 컸기 때문일 것이다.

대학교 1학년 벚꽃이 흩날리던 4월의 어느 밤. 영주는 연락도 없이 불쑥 찾아와 울면서 말했다.

"나, 네가 좋아. 그래서 너무 괴로워."

그녀는 마치 고해성사하듯 내게 자신의 속마음을 드러내 보였다.

"고등학교 2학년 때, 3학년 언니를 좋아했었어. 분명 교복 치마를 입고 있는데도 그 언니에게선 소년의 향기가 느껴졌어. 언니가 복도를 지나가면 현기증이 일었어. 편지를 쓰고, 용돈을 받을 때마다 선물을 했어. 그런 아이는 나뿐만이 아니었어. 하교할 때 언니의 손에는 책가방 말고도 여러 개의 작은 가방이 들려 있었고, 그 안에는 나 같은 아이가 준 선물이 담겨 있었어. 하지만 난 이제 대학생이야. 더 이상 선배 언니를 좋아하는 여고생이 아니라고. 그런데, 나 자꾸만 왜 이러지……."

영주는 한동안 혼자서 괴로워하더니 더는 속내를 내비치지 않았다. 그녀는 그냥, 나를 좋아해버리기로 결심한 것 같았다. 고등학교 때 좋아한 언니에게 한 것처럼 자주 아기자기한 선물을 했고, 가끔은 편지를 쓰기도 했다. 그렇게 영주의 적극적인 노력으로 우리는 서로의 마음을, 서로의 몸을 받아들이기 시작했다.

영주를 처음 봤을 때, 아홉 살 때 옆집에 살던 아이가 생각났다. 긴 머리를 양 갈래로 땋고, 분홍색 원피스를 입고, 빨간 구두를 신은 그 아이는 내게 와서 물었다. "너는 왜 바지만 입어?" 그러면 나는 말했다. "너는 왜 치마만 입어?"

영주의 첫 인상은 내게 왜 바지만 입느냐고 묻던 그 여자아이랑 똑같았다. 그 애가 커서 내 앞에 나타난 줄 알았을 만큼. 처음 봤을 때 영주는 레이스가 화려하게 수놓인 하얀색 원피스를 입고 있었다. 내가 그녀를 빤히 쳐다보았던 건, 그녀에게 반해서가 아니라 그 옷이 너무 불편해 보였기 때문이었다. 그날 학생식당의 메뉴는 카레였다. 영주의 하얀 원피스를 보고 있자니, 저 옷에 노란 카레가 묻으면 어떡하나 하는 괜한 걱정이 들었다.

말하자면, 영주는 내 스타일이 아니었다. 적어도 외모로는. 나는 애인이 생신다면, 다리가 불편해서 잘 걷진 못해도 운동화를 신고 함께 산책할 수 있는 사람이면 좋겠다고 생각했다. 나한테는 털털하고 소탈한 외모와 성품을 가진 이가 어울릴 거라고 생각했다. 하지만 영주는 인형 같은 외모만큼이나 성격도 예민하고 잔걱정이 많아 조심스레 다루어야 하는 유리그릇 같은 아이였다. 그녀는 자기의 그런 성격을 늘 못마땅해했다. 그리고 긴장하고 위축된 자신을 감싸주는 내가 헐렁한 보호대 같아서 좋다고 했다.

그런 우리가 어디서부터, 어떻게 잘못 되었을까? 단지 서로를 사랑한다는 이유만으로 가슴 졸였던 날들. 세상 사람들이 저마다 작은 창을 들고 밖에서 우리를 찌르지 않을까 걱정했지, 정작 우리 사이에 문제가 생겨서 헤어질 거라고는 한 번도 생각해보지 못했다.

서울로 떠난 영주는 조금씩 다른 사람이 되어갔다. 언제부턴가 '긍께'보다는 '글쎄'를 자주 쓰고, '아니랑께'가 아닌 '아니거든'이 자연스러웠다. 이제 그녀는 나와 다른 말을 쓰는 사람이 되었나? 외국어도 아닌 한국어가 어찌 이리 낯설게 느껴졌을까?

결국은 마지막이 되어버린 동아리 모임. 4년을 함께 어울려온 사람들, 언제나처럼 적당이 풀어져서 어울리는 편한 자리에서 영주 혼자 불편해 보였다. 태훈 선배가 영주에게 서울에서 멋진 녀석 만났느냐고 물으면서 술 한 잔 따라보라고 하니까 영주가 정색하며 말했다. "다들 손 없어? 알아서들 따라 마셔요" 하고. 그 순간, 막 나온 뜨거운 알탕에서 김이 확 사라지듯 일순 냉기가 흘렀다. 언제나 자기가 먼저 선배들의 잔에 술을 따르며 "받으시오, 받으시오~" 가락을 붙이던 그 다정한 아이는 어느새 날선 전사가 되어 있었다.

“영주 서울깍쟁이 다 됐구나” 하며 웃어넘기던 태훈 선배의 표정이 씁쓸해 보였다.

그건 비웃음이었다. 나는 선배를 한 대 때려주고 싶었지만 참았다. 술 한 잔 따라보라는 말이 아니라 멋진 녀석 만났느냐는 말에 영주는 번개처럼 빠르게 내 표정을 살피고는 선배에게 발끈했던 거였다. 내가 잘못 봤나? 나는 그날 영주를 의심했다. 그러나 이내 내 의심이 무슨 소용이 있을까 싶었다. 내 손이, 내 시선이 닿지 않는 곳에 그녀가 남자와 있든 여자와 있든 내가 할 수 있는 일은 없으니까.

“아가, 해가 중천인디 여적 자냐? 전화도 안 받고 오늘은 학교 안 간 거여?”

“엄마? 좀 피곤해서 그래. 근데 몇 시야?”

“11시여. 너무 늦게꺼정 공부해서 몸 축나는 거 아니여? 쉬엄쉬엄 해야 쓴다. 알것지?”

“응.”

“느그 언니 조까 있으믄 도착할꺼여.”

“응? 새언니?”

“그려. 오늘은 일도 없고 해서 느그 언니 콧바람이라도 좀 씨라고 차비 줘서 보냈시야. 너랑 점심 먹고 오라고. 김치랑 싸서 보냈응게 익혀 묵을 거 쬐그만 덜어놓고 나머지는 냉장고에 두고 먹어라이."

"지난번에 보내준 것도 아직 있어."

"오메, 김치 너무 시어도 못 써야. 그것은 김치찌개 끓여 먹고 보내는 새 김치 먹어라. 이번 거 맛있게 담궈졌시야."

"응, 그럴게."

"아가……."

"응."

"힘들면 내려오니라. 니가 정 부담시러우면 공짜 밥은 안 먹일랑게 그 걱정은 말고. 좀 쉬면서 엄마 일도 돕고 그려."

"……."

"아가……."

"알았어, 엄마."

힘겹게 전화를 끊었다. 면접을 보고 돌아오는 차 안에서 내가 했던 고민을 엄마는 어떻게 알았을까? 예민하고 다정한 우리 엄마. 부엌에서 바스락거리는 소리가 들렸다. 언니가 도착한 모양이다.

"오메, 아가씨 집에 있다."

"어서 와요, 언니."

긴 머리를 하나로 땋아 내린 언니가 고르고 하얀 치아를 드러내며 활짝 웃었다. 거무스레한 피부가 건강하고 매력적인, 사람들이 '필리핀네'라고 부르는 새 언니는 3년 전 필리편에서 왔다. 청소 대행업체에서 일하던 오빠는 이사나 행사 등 청소가 필요한 곳이면 어디든 달려가는 출장 청소 도우미였다. 매트리스 안의 진드기나 세균을 죽이고, 외국에서 직수입한다는 고가의 청소기를 팔았다. 그렇게 착실히 돈을 모았다. 업체 사장이 오빠의 성실함을 눈여겨보았는지 청소기 대리점을 함께 운영해보자고 했고, 지금은 대리점 사장님으로 불린다. 두 명의 공동 사장과 여직원 한 명, 달랑 세 명인 대리점에서 회식 뒤풀이로 동네 노래방에 간 날 오빠는 노래방 도우미로 일하던 새 언니를 만났다. 그날 오빠는 한국말을 할 줄 모르는 언니를 앞에 두고 필리핀 최고의 국민가수가 불러 한국에서도 히트한 적이 있는 〈아낙 Anak〉을 불렀다. 노래를 듣던 언니가 하염없이 울었다고 오빠는 말했다. 결혼 후 오빠가 물었다. 그날 왜 울었냐고. 언니는 웃기만 했다.

노래방 마실이 잦아지던 어느 날 오빠는 더듬더듬 언니에게 말했다.

"나 이혼했다. 디보스, 디보스. 딸 하나 있다. 원 도터, 원 도터. 오케이?"

늘 웃던 언니가 그 질문엔 미소를 거두고 생각할 시간을 달라고 영어로 말했다는데 오빠는 단박에 그 말이 무슨 뜻인지 알아들었다고 한다.

“배고프다?”

“언니, 배고파요?”

“아니. 배고프다?”

“아, 배고프냐고요?”

“응.”

“우리 시내 나가서 맛있는 것도 먹고 구경도 해요.”

더 맛있는 걸 사주겠다고 해도 언니는 한사코 포장마차
의 떡볶이와 순대를 먹고 싶다고 했다. 한 접시를 개운하게
비우고, 화장품 가게에 들어가 매니큐어를 사고, 의류매장
에서 보라색의 화사한 니트도 샀다. 선물을 받으며 언니는
자꾸 미안하다고 말했다. 엄마 생일에 내가 작은 선물을
건네면 엄마는 언제나 미안하다고 말했는데……. 나는 엄
마한테 했던 것처럼 이럴 땐 고맙다고 말하는 거라고 일러
주었다.

선물을 꼭 안고 있는 언니는 행복해 보였다. 나보다 두
살 어린 언니. 또래와 몰려다니며 예쁜 옷을 입고, 화장을
하고, 하고 싶은 일을 마음껏 해도 좋을 나이. 언니는 필리
핀에 있는 부모님과 동생들에게 부칠 돈을 벌기 위해 시골
마을에 있는 노래방에까지 왔다. 얼른 돈을 모아서 고향으
로 돌아가려고 했는데, 오빠를 만나 갑자기 일곱 살 난 딸이
생겼고 모셔야 할 시어머니가 생긴 것이다. 언니는 지난 3

년간 이 현실을 어떻게 받아들이며 살았던 걸까?

"엄마 보고 싶지 않아요?"

"오빠 잘해줘요."

"네, 그래야죠."

집으로 돌아가는 언니에게 버스표를 들려주었다. 자리에 앉으려다 말고 언니가 다시 돌아오더니 내 손을 잡고 말했다.

"아가, 힘들면 내려온다."

언니가 그윽한 눈으로 나를 보며 힘주어 말했다. 나는 갑작스런 언니의 말에 놀랐고, 울컥 가슴이 복받쳤다.

'그래, 나는 지금 힘들다. 힘들다는 걸 인정하기가 왜 그렇게 힘들었을까? 엄마의 과수원 일을 도우면서 과일 파는 일을 나는 왜 한 번도 생각해보지 않았을까? 대학 나온 사람은 반드시 사무실에서 일해야 한다는 생각을 언제부터, 왜 하게 되었을까?'

언니를 보내고 작은 자취방으로 돌아왔다. 스위치를 켜려다 그만두었다. 메고 있던 가방을 툭 떨어뜨리고 벽에 기대는데 몸이 주르르 흘러내렸다. 무릎을 구부리고 앉아 눈을 감았다 뜨길 반복했다. 서서히 어둠에 적응한 눈이 조심스럽게 방 안의 사물을 분간하고 있었다. 벽에 걸린 액자가 눈에 들어왔다. 그리고 기억 하나가 딸려왔다.

“이 사진 어디에 걸까?”

“너 걸고 싶은 데 아무데나.”

“성의 좀 보여 봐.”

못질이 어설퍼 자꾸만 헛손질을 하면서도 기어이 못을
박아 액자를 걸고는 영주가 뿌듯한 듯 손을 털었다.

“우리 너무 잘 어울린다. 그치?”

영주가 내 목을 끌어안고 나를 침대에 쓰러뜨렸다. 목에
입을 맞추더니 손이 닿는 곳마다 간지럼을 태우고 장난을
쳤다. 배가 아플 정도로 웃는 것도 지칠 때쯤 영주는 장난감
을 다루듯 내 가슴을 만지며 액자를 바라보다 잠이 들었다.

지난달 마지막으로 영주가 내려온 날. 일주일 내내 야근
을 했다는 영주는 내 방에서 설핏 잠이 들었다. 잠든 영주의
얼굴은 피곤해 보였다. 새 구두 탓인지 발등이 발갛게 부어
있었다. 구두에 쓸릴 때마다 아팠을 텐데 용케도 참았나 보
다. 내가 번번이 좌절하면서도 다시 면접을 볼 때 영주도
생살을 까이며 낯선 서울에 자신을 끼워 넣고 있는 중이었
을 거다. 이제 영주는 더 이상 내가 보호해주어야 할 유리그
릇이 아니었다. 서울에 살고 싶었던 건 영주와 함께 할 미래
때문이었는데, 영주의 미래 안에 아직 내가 있는지 잘 모르
겠다.

그녀의 발에 상처가 아물고 굳은살이 생길 때쯤 그녀는, 그리고 나는 어떤 모습일까? 우리가 다시 한 방에서 장난치며 웃을 수 있을까? 그런 날이 다시 올까?

선생님이라면
어떻게 하겠어요?

"상담은 원치 않아요. 무슨 상담이 필요할까요? 이런 일에 답이 있을까요? 그냥 얘기할 사람이 필요했어요. 내 얘기를 들어줄 사람 말이에요. 자식들에게도, 친구들에게도 말할 수가 없었어요. 그들은 이미 내 화폭에 들어와 있는 사람들이에요. 그럭저럭 볼 만한 수채화였는데 이제 와서 내 서투른 붓질로 그림을 망치고 싶진 않아요."

"어제 수퍼비전 장난 아니었어. 소장님이 강 선생님을 완전히 박살냈다니까. 그런데 상황이 너무 고약했어. 강 선생님한테 하필이면 유부남과 사귀는 여자가 찾아올 게 뭐냐 말이야."

주전자에 담아 온 뜨거운 정종을 한 방울도 흘리지 않고 잔 가득히 붓는 주인아주머니의 신묘술은 평소 같으면 환호성을 받기에 충분했지만, 지금은 은진이 꺼낸 이야기에 몰입하느라 모두의 관심 밖이었다. 아주머니도 우리 이야기를 들었는지 '그래서 어떻게 됐어?' 하는 얼굴로 가지 않고 미적거렸다. 국장이 "흠흠" 하며 목을 가다듬자 은진과 나는 입을 다물었다. 아쉬운 표정으로 다른 테이블로 가는 아주머니를 확인하고서야 은진은 다시 이야기를 시작했다.

"당신들도 그 동영상을 봤어야 하는데."

"더 자세히 말해봐."

국장이 재촉했다.

"내담자와 인사하고 처음 10분 정도는 괜찮았어. 내담자가 저 요즘 누굴 사랑하고 있는데 너무 괴로워요, 하고 말할 때까지 말이야. 강 선생님이 사랑하는데 뭐가 괴로운데요, 하고 물으니까 내담자가 주저하면서 그러더라고. 상대가 유부남이에요. 아이도 둘 있고, 부인과도 사이가 좋은 편이고요. 그래서 더 힘들어요, 하고."

"그래서?"

"강 선생님 표정이 얼음처럼 굳더니 뚫어져라 내담자를 쳐다보기만 하는 거야. 눈에서 독기가 나오는 것 같더라니까. 내담자가 왜 그런 눈으로 보세요, 하고 물었어. 그 말에 강 선생님이 폭발한 거야. 강 선생님 화나면 앞뒤 안 재고 소리부터 지르잖아. 내담자한테 퍼부었지. 왜 그런 눈으로 보느냐고? 여보세요! 어디 할 짓이 없어서 유부남을 꼬셔요, 하고."

"아이고, 대형사고 터졌구나."

국장이 혀를 끌끌 찼다.

"내담자는 그 말을 듣고 눈물만 뚝뚝 흘리더니 상담실을 나가버렸어. 상담은 그걸로 끝인데, 녹화는 조금 더 되었어. 강 선생님이 일어나질 못하고 두 손으로 얼굴을 가린 채 서럽게 소리 내 우는 거야. 놀라운 건 그걸 보는 회원들이 대부분 울었다는 거야. 소장님은 회원들이 훌쩍이는 걸 보더니 기막혀하며 소리를 빽 질렀어. 저걸 상담이라고 한 사람이나, 저걸 보고 우는 사람들이나 도대체 지금 뭐하자는 겁니까, 하고. 왜 자기 문제를 투사하느냐, 당신은 상담할 자격이 없는 사람이다, 초심자도 이렇게는 상담 안 한다는 둥 온갖 독한 말을 다 쏟아냈어. 결국 강 선생님 상담 한 달간 정지 먹었어."

강 선생님이 상담 정지를 받았다는 말에 이번엔 내가 열이 올랐다.

"뱀같이 차가운 여자 같으니라고. 사람들이랑 부대끼는 게 싫어서 평생 혼자 사는 소장은 회원들이 왜 울었는지 끝내 모를 거야. 손톱만큼의 긍휼심도 없으면서 무슨 상담을 한다고. 쯧쯧."

"너는 회원들이 왜 울었다고 생각하는데?"

은진이 물었다.

"일종의 한 같은 거지. 자기가 똑같은 상황을 겪어서가 아니라 그 사람의 입장이 되어보는 것만으로도 가슴이 먹먹한 거 말이야. 남편하고 부대끼며 살다 보면 그 비슷한 감정

안 느끼는 사람이 어디 있겠어?"

"장영아, 심하게 감정이입 하는데. 혹시 지민 씨 요즘 바람피우냐?"

"그 인간, 그럴 인물 못 돼."

국장이 꼬치구이 사이에 꽂힌 파만 골라내다가 고개를 번쩍 들며 말했다.

"너 지금까지 상담 헛했어. 그런 게 어디 사람 가리고 오든? 누구한테 닥칠지 모르는 게 외도야. 나는 외도 상담이 제일 어렵더라. 지민 씨한테 한 번 물어봐. 너흰 무슨 얘기든 다 하는 사이라며. 남자들 결혼하고도 가벼운 연애 감정들 감기처럼 살짝 앓고 지난대. 그런 적 있는지 한 번 물어봐."

내담자와 실제 상담한 내용 혹은 기록에 대해 사적으로 이야기 나누는 것은 금지되어 있다. 그러나 어찌 그럴 수 있으랴. 상담실에 전화를 걸거나 찾아오는 이들은 모두 특별한 인생역정을 쏟아내고, 상담자 혼자서만 판단하기 쉽지 않은 사연이 대부분이다. 10년째 해오는 일이지만 익숙해지기는커녕 갈수록 어렵기만 하다. 상담자가 자기감정을 모두 숨기고 내담자를 대할 순 없지만 내담자에 따라 달라지는 감정을 쉽게 들켜서도 곤란하다. 간혹 어떤 내담자는 현재 상담자가 심각하게 고민하고 있는 문제를 가지고 상담하러

178

온다. 강 선생님의 경우처럼.

상담자는 자기 안에 내담자와 동일한 욕구가 있음을 알아차려야 하고, 아무 때나 그의 머리를 쓰다듬고 싶은 마음을 다잡아야 한다. 적절한 순간, 적당한 격려와 지지가 필요하지만 매사 그 '적절한'과 '적당한'을 가늠키 어렵다는 게 문제다.

상담에서 자기 투사는 어쩌면 경계선 놀이인지도 모른다. 자신의 선 안으로 넘어오길 바라는 내담자의 간절한 시선을 외면해야 할 때가 있고, 선을 문이라 여기고 빗장을 걸어두는 내담자에겐 이제 그만 열어달라고 요구해야 할 때가 있으니까.

내가 강 선생님의 내담자를 만났다면 어땠을까? 어려운 질문이지만 아마도 담담했을 것이다. 마음대로 되지 않는 사랑 때문에 가슴이 미어지기는 내담자도 마찬가지 아닌가! 사회적으로 용인되는 정도가 다를 뿐 모든 사랑은 그 자체로 고귀하다. 국장의 말대로 사람을 가리지 않고 찾아오는 게 사랑이라면 더욱더.

"기분 좋아 보이는데?"

"응, 나쁘지 않아. 근데 좀 피곤하다."

"몇 명 가르친다고 했지?"

“세 명?”

“자기가 가르치는 사람도 정확히 몰라?”

“세 명이야.”

“잘 따라와?”

“그렇지 뭐.”

“어느 나라 사람들이야?”

“뭘 자꾸 물어.”

“궁금해서 그러지. 토요일 하루 종일 하면서도 그 애긴 통 안 하니까. 여보, 어제 나 국장이랑 은진이랑 나눈 애기 했던가?”

“무슨 애기?”

“외도 수퍼비전.”

“아니.”

“말하자면 긴데, 요약하면 국장이 당신에게 물어보래. 혹시 나 말고 만나는 여자 있는지.”

“당신들 할일 되게 없구나. 상담한다면서 남편 의심이나 하고.”

“말이 그렇다는 거지. 누굴 완전 삼류 취급하네.”

“재미없다. 나 잘래. 나갈 때 불이나 꺼줘.”

“지금 몇 신데 벌써 자?”

“교육하고 나면 피곤해서 그래. 나 먼저 잘게. 천천히 들어와."

은진은 자유, 국장은 평등, 나는 연애 상담실로 들어간다.
상담실 문에 걸린 자유, 평등, 연애라는 명패는 자유롭고 평
등한 연애를 꿈꾸는 내가 지었다. 국장은 외부 방문객들 눈
도 있으니 번호순으로 단순하게 적자고 했지만 무료한 공간
에 그만한 재미도 없으면 여기가 무슨 여성운동 하는 곳이
냐고 내가 밀어붙이는 통에 그리되었다.

상담일지를 훑어보고 있을 때 전화벨이 울렸다. 망설이
다 전화했다는 60대 여인은 처음엔 좀 울었다. 으레 있는
일이라 나는 여인이 다 울 때까지 기다렸다. 마침내 숨 고르
는 소리가 들렸다. 말할 준비가 된 것이다.

"자식들 다 키워 시집, 장가보내고 이젠 살 만했어요. 지
방대학 교수로 일하던 남편은 작년에 퇴직해서 시간적으로
여유도 있고요. 제 친구들은 요실금, 우울증, 당뇨, 백내장
같은 크고 작은 병을 앓았지만 저는 아직까지 아픈 데도 없
고, 이만하면 복을 타고났다고 여겼지요. 모아둔 재산도 조
금은 있으니 자식들에게 손 벌릴 일도 없고.
제 생일이라고 애들이 효도여행 보내준다고 비행기 티켓
을 끊어왔더군요. 앞에서는 쓸데없이 돈 쓴다고 타박했지만

이 정도는 받고 살아도 되겠다 싶었어요. 출국을 며칠 남겨
두고 딸에게서 전화가 왔어요. 제 아버지 여권 만료 일자를
잘못 확인해서 여행사에서 연락이 왔다고 여권을 확인해달
라고요. 남편은 그날 집에 없었거든요. 급하다기에 남편에
게 전화를 걸었죠. 몇 번을 걸었는데도 받지 않았어요. 남편
의 서재에 들어가서 서랍 안을 살펴봤어요. 출발일이 얼마
남지 않았으니 분명 눈에 띄는 곳에 두었을 텐데 여권은 보
이지 않고 구립도서관 신분증만 있었어요. 남편이 들어오면
물어보고 알려준다고 딸에게 전화를 걸고 서재를 나오는데
책상 위에 있는 남편의 핸드폰이 보였어요. 폴더를 열어보
니 제가 걸었던 부재중 세 통이 뜨더군요. 지우려는데 비밀
번호를 입력하라는 거예요. 남편은 문자를 보내기는커녕 수
신된 문자를 열어보는 것도 어려워하는 사람이에요. 그런
그가 비밀번호를? 왜? 번호가 궁금해지더군요. 내 생일? 아
니면 자신의 생일? 아니었어요. 복잡한 사람은 아니니 한
가지 숫자만 입력했을지도 모른다는 생각이 들었죠. 갑자기
비밀번호 찾기 게임에 들어온 것 같았어요. 0000, 1111, 2222,
3333……. 내가 지금 뭐하고 있나 한심한 생각이 들어서 폴
더를 닫으려는데 입맛이 쩝 다셔졌어요. 마지막이다 싶은
마음에 9를 연달아 네 번 눌렀죠. 놀랍게도 열렸어요. 도전
에 성공한 사람처럼 기뻤어요. 그런데 기쁨은 잠시더군요.

판도라의 상자를 눈앞에 둔 사람처럼 손이 떨렸어요. 문을 열자마자 파랑새가 날아가 버릴지도 모른다는 생각이 들면서 두려웠죠. 통화한 사람 내역과 문자메시지가 눈처럼 수북이 쌓여 있었어요. 메시지는 온통 구구희라는 이름에게서 온 것이었어요. 보낸 메시지와 받은 메시지는 100개가 훌쩍 넘더군요.

'우리 왜 이제야 만났을까?'

'인생 끝자락에 당신을 보낸 건 사탕을 줬다 뺏는 나쁜 심보.'

'아침에 깨어날 이유, 구희 당신.'

'공원에서 비둘기를 보았는데 그 녀석이 당신 이름을 부르더군. 구구구구, 구구구구.'

문자는 애틋하다 못해 가슴이 저몄어요. 영화에서 보았다면 분명히 눈시울을 적셨을 거예요. 하지만 남자 주인공은 40년 넘게 산 제 남편인데 절절한 연서의 상대는 제가 아니었어요.

여행을 취소했어요. 자식들에겐 일이 생겨 여행을 미루기로 했다고 둘러댔죠. 남편은 여행이 취소돼서 안도하는 것 같았어요. 여행지를 고를 때 시큰둥하기에 왜 그러느냐 물으니 그는 애들에게 미안해서라고 했어요. 의심할 여지가 없는 말이었죠. 저도 같은 마음이었으니까. 그런데 사실은 다른 이유가 있었던 거예요.

선생님, 저는 이제 뭘 믿어야 할까요? 제 나이 예순두 살, 하나씩 아름답게 정리할 때라고 생각했어요. 살아온 이력을 서툴지만 손 글씨로 정리하려던 참이었어요. 누구에게 내보일 건 아니지만 일상의 소회 정도는 정리할 여유와 사색의 힘이 있다고 생각했어요. 하지만 이제 아무 생각도 나지 않아요."

여인은 차분하다가도 가끔 감정이 복받쳐 오르는지 말을 잇지 못했다. 수화기를 잡은 손의 떨림이 가는 전화선을 타고 내게 전해졌다. 여인은 어렵게 말을 이었다.

"상담은 원치 않아요. 무슨 상담이 필요할까요? 이런 일에 답이 있을까요? 그냥 얘기할 사람이 필요했어요. 내 얘기를 들어줄 사람 말이에요. 자식들에게도, 친구들에게도 말할 수가 없었어요. 그들은 이미 내 화폭에 들어와 있는 사람들이에요. 그럭저럭 볼 만한 수채화였는데 이제 와서 내 서투른 붓질로 그림을 망치고 싶진 않아요."

여인은 다신 전화하고 싶지 않다고 하면서도 내 이름을 물었고, 다시 건다면 그때도 내가 받아달라고 했다. 상담자는 내담자가 원하면 이름을 알려주기도 하지만 보통 소속 정도를 밝힐 뿐이다. 대부분의 내담자도 상담자의 이름 따위를 알고 싶어 하지 않는다. 그들은 늘 급하고 할 말이 많았다. 급물살 같은 말들을 쏟아내느라 상대의 반응은 오히려 바라지 않는 경우도 있었다. 그들은 대화가 아니라 독백을 더 원했다. 나는 여인에게 이름을 알려주고 몇 마디를 보탠 후 수화기를 내려놓았다.

오전 상담이 끝났다. 잠깐 통화한 줄 알았는데 두 시간이 훌쩍 지나 있었다.

'너무 몰입했나?'

축 늘어진 몸이 자꾸만 낙지처럼 소파에 달라붙었다. 마침 은진이가 상담실에서 나오면서 물었다.

"점심 뭐 먹을까?"

"먹고 기운 차릴 만한 거. 오늘은 특히 힘드네. 매운 김치찌개 안 먹을래?"

김치찌개가 짰는지 오후 예약 상담을 끝내고 나니 목이 탔다. 통유리창 너머, 놀랍게도 눈이 내리고 있었다. 첫눈치고는 눈송이가 굵고 탐스러웠다. 3층 상담소에서 내려다보는 바깥세상은 소복이 내리는 눈 때문인지 다소 포근해진 느낌이었다. 지나가던 여학생 둘이 두 손으로 눈을 받으며 까르르 웃었고, 한 아저씨가 어깨에 쌓이는 눈을 털어내며 걸음을 재촉하고 있었다.

그 순간 한 여자가 상담실에 들어섰다. 깊게 눌러 쓴 모자에 눈송이가 붙어 있었는데 하얀 눈 때문에 눈가의 상처가 더 도드라져 보였다.

'저걸 가리려고 깊숙이 눌러 썼을 텐데……'

나는 뜨거운 차를 여자 앞에 놓았다. "후" 하고 불어 차를 식히면서 여자가 말했다.

"결혼 생활 8년 동안 몸 성할 날이 없었어요. 남편은 아이들이 잠들고 나면 무릎을 꿇게 한 뒤 자기 왼손으로 저의 오른쪽 어깨를 잡고 가슴 한가운데를 때렸어요. 군에서 특수훈련을 받을 때 멍이나 흉을 남기지 않으면서 때리는 방법을 배웠대요. 그걸 맞고 나면 명치가 굳어버려요. 내가 숨을 못 쉬고 컥컥거리면 정신 차리라고 물을 한 잔 주죠. 때리기 전에 미리 주전자에 물부터 받아다 놔요. 남편이 주전자 쟁반을 들고 오는 걸 보면 이미 숨이 멎는 것 같았어요. 물을 마시고 맞고, 물을 한 잔 더 마시고 또 맞고. 그런 밤이 지나면 아침에 일어날 수가 없어요.

집에서 가까운 파출소에 갔어요. 순경아저씨한테 남편이 때린다고 하니까 어디를 맞았냐고 묻더군요. 가슴을 맞았다고 했더니 낄낄거리면서 상처나 멍이 있는지 봐야 하니 가슴을 보여 달라고 했어요. 멍 같은 건 없다고 했더니 그럼 사건 처리가 안 된다면서 가래요. 파출소를 나오는데 다시 불러서 말하더군요. 아줌마, 잘 보이는 데 맞으면 그때 와요. 얼굴 같은 데. 그런 데는 한눈에 보이잖아. 맞아서 피 철철 흐르면 와야 해. 그래야 사진도 찍고 조서도 쓰지, 하고.”

　원한다면 상담실에서 운영하는 쉼터에 들어가 몇 달 쉴 수 있다, 무료로 침을 놔주기도 하니까 상담과 치료를 같이 받으면서 기력을 회복하는 것도 좋은 방법이다, 하고 나는 몇 가지 제안을 했다. 그리고 무엇보다도 스스로의 의지가 가장 중요하다는 것을 강조했다. 여자는 생각해보겠다며 돌아갔다. 생각해보겠다고 돌아간 셋 중 둘은 다시 오지 않았다. 그들이 오지 않는 이유를 알 것도 같고 모를 것도 같다.
　이들은 자신의 고통을 누군가에게 털어놨다는 사실에 만족한다. 단단한 매듭 하나가 풀린 느낌인 것이다. 얼마간은 그 기운으로 그럭저럭 버틸 힘을 얻는다. 이늘이 집을 나오지 못 하는 까닭은, 아무리 지옥이라 해도, 매일 먹고 자는 집을 벗어나는 걸 상상하는 것만으로 죄책감을 느끼기 때문이다. 여자들을 만나면 알게 된다. 때리는 사람과 맞는 사람 사이에 모종의 계약이 성립한다는 사실을.
　매 맞는 여자는 늘 맞고 살아도 자신이 가족을 버리는 건

배신이라고 생각한다. "나한테는 너뿐이다. 네가 떠나면 나는 만신창이가 된다"는 남편의 말을 믿는다. 정상이 아닌 남편을 돌봐줄 사람도 자기밖에 없다고 여긴다. 그보다 더 두려운 것은 바깥세상에 무엇이 기다리고 있는지 알 수 없다는 사실이다. 어렵게 독립을 하고도 다시 집으로 돌아가는 여자들을 보면서, 나는 사람이 쉽게 변하거나 빠른 시일 내에 좋아질 수 있다는 믿음을 접었다.

한파가 기승을 부리던 1월도 서서히 스러지고 있었다. 상담실에서 상담일지를 기록하고 있는데 은진이가 유리창에 얼굴을 대고 손으로 수화기 모양을 만들었다. 내가 소리 없이 입모양으로 '누구?' 하고 물으니 은진이 '내. 담. 자'라고 한 자씩 말했다.

"누구세요?"

"저 기억할지 모르겠어요. 한 달쯤 전에 전화했던 사람이에요. 선생님 이름을 묻고 다시 걸면 받아달라고 했던."

"네, 기억나요."

나이든 여자의 건조한 목소리. 내용은 얼른 떠오르지 않은데 목소리는 이상할 정도로 선명하게 기억났다.

"잘 지내셨어요?"

"네, 그럭저럭."

이름을 묻고 컴퓨터에 입력된 상담일지를 찾았다. 상담 내용은 외도로 분류되어 있고, 그날의 상담 기록도 남아 있다. 나는 내용을 빠르게 훑어 복기했다.

"선생님, 물어보고 싶은 게 있어서요."

"네, 말씀하세요."

"제가 그 여자를 만나 보면 어떨까요?"

"그렇게 하고 싶으세요?"

"그렇다기보다 선생님이라면 어떻게 할지 궁금해서요."

"글쎄요. 저보다는 본인의 생각이 중요하겠지요. 만나면 뭘 묻고 싶으신데요?"

"왜 남편을 꼬셨는지요."

"그 여자가 남편을 꼬셨다고 생각하세요?"

"아마도 그랬을 거예요. 남편은 말주변이 없어서 누굴 꼬실 만한 위인이 못 돼요."

"그렇게 생각하시는군요. 하지만 어떤 게 사실인지는 모르잖아요."

"선생님이라면 어떻게 하겠어요?"

여인이 내게 물었다. 내가 얼른 답을 못하자 한 번 더 물었다. 이 질문에 답하지 않으면 다음 질문으로는 절대 넘어가지 않겠다는 것처럼 질문에 힘이 실려 있었다.

"음, 저라면…… 저라면 전화하거나 만나지 않겠어요. 그건 그 두 사람이 해결해야 할 문제인 거 같아요. 부부문제에 대해 주변에서 여러 가지 조언을 할 수 있지만 결국 부부가 해결해야 하는 것처럼 말이에요."

"그렇군요. 선생님 이제부터 제가 좀 긴 얘기를 할 거예요. 들어주시겠어요?"

"지난번 상담 때 그동안의 제 삶이 그럭저럭 볼 만한 수채화였는데, 이제 와서 서툰 붓질로 망치고 싶지 않다고 한 거 기억할지 모르겠어요. 선생님과 전화한 후 며칠 동안 생각했어요. 정말 그런가? 내가 이렇게 얌전히 물러나도 되는 것인가?

평생을 착하게만 살았다고 할 순 없어요. 하지만 악하게 살지도 않았어요. 다른 사람에게 원한 살 만한 일을 한 적도 없고, 제대로 누굴 미워한 적도 없어요. 그런데도 제게 이런 일이 일어났어요. 바보처럼 살아온 지난날이 억울하게 느껴졌어요. 그 인간들이 마음 편하게 만나고 좋아한다는 사실이 화가 났어요. 아침 드라마의 불륜 스토리가 과장된 것이라고 생각했는데 꼭 그렇지도 않더군요. 니들이 원하는 대로 다 되진 않을 거다, 나도 그렇게 바보는 아니다, 하는 것을 보여주고 싶었어요.

남편 몰래 매일 문자를 확인했어요. 한 번은 그 여자가 남편에게 이런 메시지를 보냈더군요.

'친구들과 경포 바다에 다녀왔어요. 굽이치는 물결이 너무 힘차고 아름다워서 이렇게 좋은 풍경을 선생님과 보면 좋겠다는 마음 간절했어요. 우리는 언제나 동 트는 아침 풍경을 함께 맞이할 수 있을까요?'

남편이 바로 답 문자를 보냈더군요.

'미안하오. 그걸 들어주지 못하는 내 마음도 슬퍼요.'

2분쯤 뒤에 여자가 다시 답을 보냈어요.

'죄송해요. 선생님 마음 아프게 하려고 그런 게 아닌데, 제 생각이 짧았어요.'

눈꼴이 시다는 말이 무슨 뜻인지 알 것 같더군요. 침대에 쓰러져 반나절을 일어나지 못했어요. 몸은 으슬으슬 추운데 가슴에선 뜨거운 불덩이가 타오르는 것 같더군요. 실험해보고 싶었어요. 남편이 어디까지 갈 수 있는지.

이틀 후에 남편에게 말했어요. 춘자가 우울증이 와서 바다를 보고 싶어 한다, 친구들이 2박 3일로 제주도 여행을 다녀오자고 하는데 당신 혼자 있어야 하니 나는 좀 어렵겠다고 했다. 그러니 남편이 펄쩍 뛰며 친한 친구 소원도 못 들어주느냐고, 자기는 신경 쓰지 말고 맘 편히 다녀오래요. 다음 날 여행을 가는 척하며 나와서 세 시간쯤 찻집에 혼자 있다가 집으로 들어갔어요. 역시 남편은 없더군요. 그때가 오후 3시였는데 밤 10시가 지나도 남편은 돌아오질 않았어요. 10시 30분에 전화를 걸었죠. 춘자가 갑자기 복통이 와서 집에 돌아가고 싶다기에 할 수 없이 저녁 비행기를 타고 돌아왔노라고. 지금 어디에 있느냐고. 남편은 당황한 것 같았어요. 어딘지 금세 대답을 못하더군요. 말을 더듬더니 좀 멀리 나왔다고 두 시간쯤 후에 집에 도착할 것 같다고 하더군요.

남편은 새벽 1시가 다 돼서 기진맥진한 얼굴로 돌아왔어요. 저는 먼저 잠든 척했어요. 노인네가 많이 놀랐는지 아침엔 얼른 일어나지도 못하더군요. 아무 내색 않고 아침을 차렸어요. 피로한 기색이 역력한 얼굴을 보니 무척 고소했어요.

'노인네야, 연애는 아무나 하는 줄 아나?

자꾸만 웃음이 났어요. 제 자신에겐 조금 놀라기도 했죠. 제가 고소해할 줄은 저도 몰랐거든요. 남편이 씻는 동안 문자를 또 봤어요. 어제 그렇게 늦게 다시 서울로 돌아오게 해서 미안하다고 보냈더군요. 여자는 괜찮다고 했어요. 또 기회가 있겠지요, 하고 썼더군요. 재미있었어요.

그 일이 있고 사나흘 지났을까? 두 사람이 어느 카페에서 만나기로 문자를 주고받았어요. 시내에서 좀 떨어진 외진 곳이었어요. 아마도 사람이 많은 곳은 버거웠겠죠.

저는 이번에는 진짜로 춘자에게 전화를 걸었어요. 두 사람이 만나기로 한 그 카페에서 그 시간보다 20분 후에 만나기로 약속했지요. 춘자에겐 상의할 일이 있으니 꼭 나와 달라고 했어요. 춘자는 좋은 애예요. 좀처럼 그런 부탁을 하지 않는 내가 걱정되기도 했겠지요. 약속한 시간에서 10분 정도 지났을 때 춘자에게서 전화가 왔어요. 갑자기 일이 생겨서 더 못 기다릴 것 같다고, 미안하지만 다음에 보자고요. 그러면서 제가 안 오길 잘했다고 작은 목소리로 말했어요. 카페 안의 풍경이 모두 그려지더군요. 제가 시치미를 뚝 떼고, 안 오길 잘했다는 말은 뭐냐고 물으니 춘자는 저녁에 다시 전화하겠다고 했어요.

착한 춘자는 자기가 본 걸 내게 얘기할 것인지 말 것인지를 두고 고민에 빠진 것 같았어요. 고민의 데드라인을 저녁으로 정한 거겠지요. 춘자에게선 전화가 와도 좋고 안 와도 좋다고 생각했어요. 어차피 이 일은 남을 떠보기 위한 거니까. 남편은 얼굴이 하얗게 질려서 돌아왔더군요. 현관에서 신발을 벗는데 다리에 힘이 풀린 사람처럼 휘청거리기까지 했어요. 그리곤 제 눈치를 슬슬 보더군요. 별 일 없었느냐, 하루 종일 뭘 하며 지냈느냐며 평소에 묻지도 않던 안부까지 물으면서.

'노인네, 담력이 저렇게 약하면서 어떻게 여자를 만나나?

저는 평소와 다름없이 저녁을 차렸어요. 남편은 두 술도
제대로 못 뜨더군요. 다음날부터 그 여자에게서 오던 문자
가 뚝 끊겼어요. 춘자에게도 전화가 오지 않았고요. 그날부
터 남편은 서재에 콕 박혀 있어요. 남편은 그만하면 벌을
받았다고 생각해요. 그런데 그 여자는 어떤 식으로 벌을 줘
야 하나, 직접 만나야 하나 확신이 서지 않아요. 그래서 선
생님께 전화한 거예요.”

사람이 약해지는 것도, 악해지는 것도 순간이다. 여자는
이미 나와의 상담이 중요하지 않다. 남편이 바람을 피우는
것으로 일탈을 했다면 여자는 남편과는 다른 방법으로 평생
한 번 일탈한 것이다. 여자는 자신의 일탈에 대해 전문가의
평가를 듣고 싶어 했다.

40년간 함께 타고 온 노부부의 배가 좌초 직전이다. 지금
껏 살아오면서 배는 자주 원치 않는 풍랑에 휩싸였을 테고,
비바람에 흔들렸을 것이다. 그러나 둘은 폭풍이 걷히길 기
다렸고 마침내 잔잔해진 바다에 기분 좋은 햇살이 떨어질
때 생의 축복처럼 빛나던 물비늘을 사랑했을 것이다. 그 배
위에서 아이들이 자라났을 테고, 남편이 길어 올린 순한 물
고기로 여인은 밥상을 만들었을 것이다.

여인의 말대로라면 말주변 없는 남편을 먼저 꼬신 여자

때문에 그들의 배가 가라앉고 있었다. 정말 그런가? 남편은 단지 오랜 결혼생활 끝에 오는 권태와 허무 때문에 여인으로부터 멀어지고 있는 걸까? 정말 그것뿐일까? 실이 타래를 비난하기엔 실타래로 한데 묶인 역사가 너무 길다. 제 속에서 나왔는데 속을 알 수 없는 자식처럼 부부는, 관계는 끝까지 미로다.

원치 않았지만 두 사람, 아니 세 사람의 인생에 이미 깊숙이 개입한 내게도 피곤이 밀려왔다. 여인이 한 일이 그 누구도 아닌 여인 자신에게 어떤 영향을 미쳤는지 깊이 생각해 볼 것을 권하고 누구보다, 무엇보다 자기 인생이 가장 소중하다는 것을 알아야 한다고 말했던가? 엉킨 실타래만큼이나 복잡한 심정으로 상담을 마쳤다. 나는 여인이 다시 전화하지 않기를 바랐다. 이름을 알려준 걸 처음으로 후회했다.

"지민 씨, 다시 한 번 말해봐! 뭐라고? 뭐가 어떻게 됐다고?"

말은 자기가 먼저 꺼내놓고 묻는 말엔 입을 꾹 다물고 있다. 가혹한 고문을 당하면서도 기밀을 적에게 알릴 수 없다는 투사처럼, 그의 표정은 비장해 보이기까지 했다.

"얼른 말해. 지금 나한테 뭘 하자고?"

"미안하다."

늘 똑 부러지던 사람이 모기처럼 기어들어가는 소리를
냈다.

'조금 전 담담하지만, 당당하던 그 목소리는 어디로 갔나?
이 사람이 내 남편 맞나? 국장 나쁜 년, 네가 우리 집에 주술
을 걸었구나. 남편의 외도 경험, 가벼운 감기 어쩌고 하더니
네 년이 이 사람에게 주술을 건 게지.'

어디로 뻗어야 할지 모르는 분노가 플라스틱 채집 상자
에 갇힌 여치처럼 사방으로 폴짝폴짝 뛰고 있었다. 분노는
널을 뛰는데 귀 뒤쪽은 누가 잡아당기는 것처럼 아프고, 뒷
목은 뻣뻣하게 굳어가고 있었다.

"진정해."

"진정하라고? 내가 지금 진정하게 됐어?"

"……."

"언제부터야?"

"7개월쯤 됐어."

지난 7개월 동안 우리 부부에겐 무슨 일이 있었는지 빠르
게 복기해보았다. 시어머니 생신이 있었고, 내 아버지 칠순
이 있었다. 화목한 편이라 시댁과 한 번, 그리고 친정식구들
과 한 번 가족여행도 다녀왔다. 3월에는 영준이 초등학교
입학이 있었다.

'일도 하고, 가족행사도 치르면서 언제 여자까지 만난 거

야? 부부만의 오붓한 시간이 없어서 그랬나? 다른 여자들은 가족 신경 쓰느라 부부만의 시간이 없다고 투덜댄다지만, 내가 '가족이라는 연대와 사랑의 공동체'에 발을 들여놨으니 무엇보다 가족이 우선이라고 했을 때 뿌듯해하던 당신 아니었어?

"어떻게…… 아니, 왜 그렇게 됐어?"

"나도 모르겠어. 설명이 잘 안 돼. 나 이기적이라고 욕하겠지만, 그동안 스스로 정리가 안 돼서 말 못했어."

"그만!"

누군가 귀가 아프다면 듣지 않아야 할 말을 많이 들어서고, 눈이 아프다면 못 볼 걸 많이 본 탓이다. 사람들은 하지 않아도 될 말을 너무 많이 해서 화를 부른다. 주먹으로만 때리는 게 아니다. 때론 말이 칼이 되어 날카롭게 가슴을 도려낸다. 손이 떨리고 말이 흔들리기 시작했다.

"이젠 당신 안에서 다 정리가 됐다는 거야? 결국 너 자신에게 솔직해지자고 나를 죽이는 꼴이네. 그런 거지?"

그는 대답이 없었다.

"대답해! 대답하라고!"

윽박과 추궁이 오갈 때 방문이 열리고 영준이가 조심스레 고개를 들이밀었다.

"엄마, 왜 그래?"

“영준이가 당신 살려준 줄 알아. 재우고 올 테니 꼼짝 말고 있어.”

‘영준이라는 종이 없다면 어떻게 됐을까? 영준아, 네가 문을 열어주지 않았다면, 1회전 종료를 알리는 종을 쳐주지 않았다면 엄마는 어떻게 했을까?’

아이가 잠들자 머리맡의 스탠드를 모두 끄고 일어나려다 다시 켜 가장 낮은 조도에 맞추었다. 영준이는 혼자서 자기 시작하면서 캄캄하면 무섭다고, 자기가 잠들고 난 후에도 불을 끄지 말아 달라고 했었다. 아이가 무섭다고 징징거리는데도 나는 “불빛이 있으면 잠을 푹 못 자. 좀 지나면 익숙해질 거야” 하면서 항상 불을 완전히 꺼버렸다. 남편은 내게 무엇을, 어떤 식으로 징징거렸던 걸까? 남편의 어떤 불을 끄면서 “익숙해지면 괜찮을 거야”라고 했기에 내게 이런 복수를 하는가?

집에 있는 술이라곤 먹다 남은 소주 반 병뿐이었다. 독한 맛이 다 빠진 소주는 조금도 쓰지 않았다. 입맛만 썼다. 남편은 술잔을 앞에 두고도 별 말이 없었다. 내게 마지막으로 했던 말로 모든 말을 끝냈다고 정리한 모양이었다.

‘이기적인 인간. 제 안에서 정리되니까 다 끝내버렸구나. 이게 무슨 수학 문제도 아닌데, 단계별 기출 문제 하나 연습시키지 않고 한 번에 이렇게 어려운 문제를 내다니.’

연애할 땐 그의 이런 면이 좋았다. 빠른 판단, 한 번 결정하면 자신 있게 밀어붙이는 추진력, 토를 달거나 사족이 없는 간결함, 자신이 옳다고 믿는 일에는 좀처럼 타협을 보지 않는 순수함. 동아리 후배들은 그런 그를 잘 따랐다.

그렇게 멋진 그가, 우리 모두의 연인이던 그가 내게 낙점됐을 때, 부러워하던 많은 여자애들의 눈빛을 나는 아직도 기억한다. 그와 한 폴더 안에 담겨 있다는 충만감은 지금껏 내 인생에 가장 큰 버팀목이 되어주었다. 물론 그도 나와 같은 감정일 것이라고 여겼다.

"당신 지난주에 맹장수술 받고 아직도 마취에서 못 깨어나고 있는 거 아니야? 7개월이면 불장난이야. 당신 지금 그년한테 홀린 거라고. 한 번은 용서해줄 테니 정신 차려. 우린 7년이야. 아니, 결혼생활만 7년이지 연애기간까지 치면 10년이야. 그런데 7개월짜리 여자한테 다 걸겠다고? 뭐라고 말 좀 해봐!"

내 목소리만 의미 없이 메아리쳤다.

'아무리 깊은 관계라 해도 사람 사이에 존재할 수밖에 없는 간격이 있다는 것쯤은 나도 알아. 하지만 이런 건 한 번도 예상하지 못했어. 네가 이렇게 의리 없게 나올 줄 알았다면 조금만 좋아하는 건데. 적당히 하는 거였는데.'

바람이 분다. 그가 바람을 몰고 왔나? 아니, 그가 바람인지 바람이 그인지 분간할 수 없다. 그가 내게 뭐라고 말하는 것 같은데 바람 소리에 섞여 잘 들리지 않는다. 내가 "뭐라고? 뭐라고 다시 말해봐" 하고 묻는데도 그는 내 얘기를 듣지 못한 것처럼 혼잣말을 한다. 표정은 온화하고, 목까지 올라온 회색 폴라는 차분한데 그는 더 이상 나를 보고 있지 않았다.

영준이 내 볼에 뽀뽀를 한다. 시간이 얼마나 지났을까? 식탁에서 깜박 잠이 든 모양이다.

'슬픈 악몽에서 나를 구해준 고마운 내 아들 영준아. 너의 입맞춤으로 이 지독한 마법이 풀릴 수 있다면 얼마나 좋을까? 영준아, 엄마는 어쩌면 좋을까?'

"엄마, 답답해."

영준이 내 품에서 벗어나려고 제 몸을 힘껏 뒤로 젖혔다.

"국장, 나 오늘 좀 쉬고 싶은데."

"안 돼. 지금 상담실에 자원 활동가 한 명밖에 없어. 난 토론회 갔다가 4시에나 들어갈 거야. 그때까지 꼼짝 말고 있어."

'끝까지 도움이 안 되는 인간. 오기만 해봐라. 내게 건 주술을 너에게 몽땅 걸어줄 테다.'

자유 상담실 전화는 비워두기로 하고 자원 활동가가 연

애, 내가 평등실로 들어갔다. 상담실에 들어가자마자 전화
벨이 울렸다.

"선생님……."

빠르게 머릿속을 스치는 사람. 그 여인이다. 저장되었다
가 재생되는 테이프처럼 여인의 목소리가 또렷하게 되살아
났다. 어찌해야 하나? 무슨 말을 할 것인가? 몸은 벌써 상담
실 의자에 앉아 있고, 손은 이미 헤드셋을 찾아 귀에 걸면서
도 머릿속은 계속 말을 고르고 있다.

"여보세요?"

전화기 너머 여인의 목소리는 어제보다 차분했다.

"저, 결심했어요."

"네, 뭘요?"

"남편과 정리하기로요. 어젯밤 남편에게 말했어요. 이혼
하자고, 내가 이혼해주겠다고. 내 또래 친구들, 황혼 이혼
많이 해요. 내가 그 대열에 합류하게 될 줄은 몰랐어요. 나
는 행복하다고 생각했거든요. 그런데 가만히 생각해보니 그
건 행복이 아니었어요. 그냥 애들과 남편한테 매일 맞추며
살았어요. 밖에 나가면 찬바람 불고 비오고 낯선 사람들 많
으니까 그게 무서워서요. 하지만 이제 남 보기에만 좋은 생
활은 그만하고 싶어요."

전혀 예상치 못한 말이었다. 나는 그녀가 무슨 말을 하길

바랐던 걸까? 또 깊이 울부짖길 바라거나 여인이 한 더 못된 일들을 듣고 싶었던 걸까? 그 위에 내 슬픔을 얹어놓고 따라 울고 싶었던가? 무엇이 하루 사이에 그녀를 바꿔놓았는가?

"남편 분은 뭐라고 하세요?"

"처음엔 어쩔 줄 몰라 하더니 잘못했다고 하네요. 다신 그런 일 없을 거라고. 한 번만 용서해달라고. 신기한 건, 어제까지 나를 잡아먹을 듯 일어나던 내 안의 화가 그 사람의 초라한 회개를 보는 순간 사라진 거예요. 갑자기 사라졌다는 게 저도 신기하긴 한데 아무튼 그랬어요. 그 사람이 그 여자에게 보낸 젊은이들이나 주고받을 간지러운 말, 저는 이제껏 한 번도 받아본 적 없어요. 처음엔 그게 그렇게 분하고 견디기 어려웠는데 애초부터 그런 말을 주고받을 짝이 내가 아니었다고 생각하니 마음이 편했어요. 어제 선생님과의 상담이 많은 도움이 되었어요. 두 사람 인생보다 남은 제 인생이 더 소중하다는 것도 알게 됐고요. 감사하다고 말하고 싶어서 전화했어요."

'나와의 상담이 도움이 되었다고? 내가 어제 무슨 말을 했지? 하나도 기억나지 않아. 여인에게 용기를 북돋아준 말을 내가 했다고?'

"저, 제가 무슨 말을 했나요?"

"네?"

“제가…… 흐흑…… 제가 무슨 말을 했나요? 흐흑…… 어
제 들으셨다는 말 제게도 해주세요. 근데, 제가 뭐라고 했든
제발 그러지 마세요. 저는 아직 준비가 안 됐어요. 그러니
아직 결정하지 마세요. 네?”
“선생님, 왜 우세요? 무슨 일이세요?”
여인이 거듭 묻고 있었다.

경혈

경락의 존재 여부는 아직 해부학적으로 입증되지 않았다고 한다. 하지만 나는 알 것 같았다. 세상에는 눈에 보이지 않고, 설명할 수는 없지만 실제로 존재하는 것이 얼마든지 있다. 말 많은 남한 사회에서 말로 설명할 수 없는 어떤 원리를 배우게 된 것만으로도 나는 막힌 기와 혈이 조금씩 뚫리는 기분이었다. 자연히 마음의 통증도 조금씩 가라앉고 있었다.

하늘은 장밋빛으로 변했어요.

'늦지 않을까?'

왕자가 걱정하며 마법사가 했던 말을 되뇌었어요.

"밤만이 유일한 적이다. 어둠의 장막이 세계를 뒤덮을 것이고, 개의 그림자와 늑대의 그림자를 구별할 수 있을 때는 너무 늦을 것이고, 아름다운 그녀를 영원히 잃게 될 것이니 사랑한다면 서둘러라."

왕자는 심장이 뛰었고, 깨달았어요.

그가 어둠을 사랑했다는 것을요.

민경이의 잠든 얼굴 위로 손을 흔들어보았다. 잠의 나들목에 이미 진입한 것 같았다. 동화책을 덮고 소리가 나지 않게 조심해서 일어나는데 주머니 속의 휴대전화가 울렸다.
아이가 깰까 봐 얼른 밖으로 나와서 휴대전화를 꺼냈다. 모
르는 번호다. 모르는 번호는 받고 싶지 않은데 전화기가 계
속 울린다. 혹시 지민 씨?

"여보세요?"

"여보세요?"

"네, 누구세요?"

"저, 이름이 어떻게 되시나요?"

"네? 무슨 말이죠? 전화 잘못 거신 거 같은데요."

"우지민 씨 아시죠?"

"네?"

"나 우지민 씨 아내 되는 사람이에요. 당신 이름은 뭐냐고
요?"

◆

"우리 연변에서는, 이런 걸로 하수구 못 뚫습니다. 이 정
도 크기는 고저 식사하고 이 사이에 낀 음식 찌꺼기 빼는
이쑤시개 정도로 씁니다. 오늘 저는 연변에서는 못 쓰는 물
건이지만 남한에서는 무척 요긴한 하수구 뚫는 막대를 소개
해드리고 싶습다."

"야, 이 에미나이, 남조선 아이들 말로 성대모사 개인기가 출중하구나야."

"비슷했어? 근데 멘트 좀 바꾸지? 연변 레퍼토리 올드하지 않아? 승객들 짜증낼 것 같은데."

"요거, 요거, 남조선 사람 다 되았어. 영어가 입에 착착 붙는구나. 이제 너는 누가 봐도 북에서 온 걸 몰랐어."

"그만하지? 재미없거든."

"성깔 피우는 것까지 남한 언니들 말투 아니녠? 그래도 무시 말라. 성수역에서 우르르 탄 아줌마들이 내 우스개에 넘어가서 무려 열 개나 샀댔어. 역시 아줌마들이 짱이야."

"내가 오빠랑 무슨 말을 섞어. 빨리 가, 빨리."

"금옥아, 그 손짓이 오라는 거네, 가라는 거네?"

내가 눈을 부라리며 으르렁거리니 오빠는 피하는 시늉을 하며 신발을 신는다.

"동무, 이따 저녁 모임에 나오라. 알간?"

바로 나갈 것 같더니, 오빠는 끈을 맬 필요도 없는 신발을 한참 만지작거린다.

"금옥아, 저녁에 꼭 나와. 그 사람들 우리 아니면 아직은 비빌 곳 없다. 알지?"

웃음기를 싹 거두고, 어서 대답하라고 재촉하는 오빠. 나는 못 본 척 고개를 돌렸다.

"할머니, 어제 붙인 파스는 왜 떼셨어요? 이거 시원찮아 보여도 약효 있는 거예요."

"거기서 열이 나. 뜨거워."

"원래 파스는 후끈거려요. 한 번 더 붙일게요. 내일까지 떼시면 안 돼요."

"응."

시장 근처에 있는 한의원은 언제나 노인들로 북적였다. 다닥다닥 열 개 동이 마주보고 서 있는 임대 아파트엔 대부분 할머니 할아버지가 혼자 살거나, 간혹 혹인지 위안인지 모를 손자들이 그들과 함께 살았다. 나처럼 북에서 온 사람도 스무 가구쯤 된다. 오빠가 오늘 저녁 모임에 나오라는 걸로 보아 새 입주자가 온 모양이다.

순전히 먹고살기 위해 배운 이 침뜸술로, 나는 침만큼이나 가느다란 권력을 맛보고 있다. 노인들은 자신들 고통의 극점인 시린 무릎, 굽은 허리, 뻣뻣하게 굳은 뒷목을 내게 내밀며, 바늘 꽂힘의 은사를 바란다. 침이 아니라 그냥 옷 따위를 꿰매는 바늘로 침놓는 시늉을 한다 해도 그들은 모를 것이다. 바늘이 경혈에 꽂힐 때, 낮게 새어 나오는 탄성과 얼굴에 잠깐 스치는 환한 빛은 그들이 늘 노래 부르는, '나이 들면 빨리 죽어야 한다'는 말을 민망하게 만든다.

무릎의 통증을 호소하는 사람에게 통증이 없는 반대쪽 다리나 발 또는 손의 혈을 골라 침을 놓으면 자기는 무릎이 아파서 왔는데 왜 엉뚱한 곳에 놓느냐고 항의하는 경우도 있다. 야박하게 몇 개만 놓지 말고 많이 아프니까 여러 대 놔달라고 떼를 쓰는 할머니도 있다. 혈 자리가 정해져 있어서 무조건 많이 놓는다고 낫는 게 아니라고 설명해도 어린 아이처럼 떼를 쓴다. 하는 수 없이 등이나 어깨에 콕 찌르는 시늉만 하고 침을 더 놓았으니 움직이지 말라고 하면 금세 순한 눈이 되어 부동자세가 되는 노인들. 그들은 언제 삐걱거리는 목조 침대에 누웠냐는 듯, 치료가 끝나면 가뿐하게 몸을 일으킨다. 효과는 믿고자 하는 사람의 그 마음에 달려 있는 것이다.

지옥은 천국과 연옥 다음이 아니라, 땅 위에 있다. 남한이 천국은 아닐 테지만, 남한 정부가 늘 말하듯 북과 남은 한 민족이니, 중국보다야 살 만한 곳일 거라고 믿었다. 먹잇감을 쫓듯 따라붙는 중국 공안을 피해 남한에 들어섰을 때, 북쪽으로는 눈길 한 번 주지 않았다. 두고 온 것들은 모두 북쪽에 있었다. 한 번 눈길을 주기 시작하면 끝없는 미련이 자꾸만 발목을 잡을 것 같았다.

배고파서 넘어왔을 뿐, 간첩이 아니라는 사실을 입증해야 국정원 조사가 끝이 난다. 그러면 곧이어 12주간의 하나원 교육이 시작된다. 교육을 마치면 꽤 괜찮은 아파트가 주어진다고 했고, 남한에 잘 정착할 수 있도록 담당 형사들이 수시로 왕래하며 도와줄 거라고 했다.

사람들이 어디서 왔느냐고 묻기에 북에서 왔다고 했다. 그랬더니 가족들 두고 혼자 살겠다고 기어들어 왔구나, 하며 독하다고 한다. 가슴이 아팠지만, 그런 인상 평가에 의기소침할 여유는 없다. 원래 인간이란 제 하고 싶은 말만 하기 마련이다.

철구 오빠는 북에 두고 온 아버지를, 나는 영양결핍으로 장티푸스에 걸린 엄마를 생각했다. 엄마는 귀가 멀기 시작해서 나를 마지막으로 볼 땐 돈 벌어서 꼭 돌아오겠다는 내 말을 알아듣지 못했다. 그런 엄마가 3년 전에 돌아가셨다고, 역시 중국을 거쳐 남한에 온 고향사람에게서 들었다. 엄마는 생의 마지막 몇 년간 듣지 못해서 답답했을까, 다행이었을까?

제비뽑기가 끝나자 우리는 안양의 한 아파트로 보내졌다. 철구 오빠와 나는 같은 동의 503호와 603호를 각각 배정받았다. 신발을 벗고 들어서면 한 발짝 겨우 될 만한 복도 같은 거실이 나온다. 오른쪽에 두 사람 정도 누울 수 있는 방이 두 개, 그 옆으로 아주 작은 화장실이 있다. 세 개의 문이 나란히 늘어선 기이한 일렬 구조다. 쥐똥이 굴러다니는 12평 아파트는 어떤 방문을 열어도 바로 앞에 벽이 보였다. 쥐똥은 아무래도 상관없었지만 벽은 즉각적인 공포를 불러왔다.

공안에서 조사받을 때, 양반다리를 하고 종일 벽만 보는 벌을 받았다. 계속 벽을 보고 있자니 어지러워서 눈을 뜰 수가 없었는데, 벽이 어느 순간 저 혼자서 숨을 쉬더니 호흡마저 빨아들였다. 나는 가끔 기절했다. 그 후로는 건물 안이든 밖이든 벽을 피해 걸었다. 그런데 벽이 이렇게 가까이 있다니, 울고 싶었다. 집에 들어서기가 겁났다. 신발을 벗고 나면 곧장 방으로 들어가 문을 닫았다. 방은 사면에 가구나 옷걸이, 책장 등을 세워놓으면 조금 괜찮았다. 거실은 너무 좁아 무엇도 세우기가 곤란했다. 여름이면 작은 아파트는 찜통이 됐지만 그래도 방문을 열 수 없었다.

가재도구랄 것도 없어서 집안 정리는 간단히 끝났다. 하나원 강사가 일러준 대로 동사무소 사회복지과에 들러 직업 알선을 부탁하고 기다렸다. 생사를 알리는 전보를 기다리듯 애태우며 기다렸지만, 죽었는지 살았는지 아무 연락이 없었다. 먹고살기 위해 구인 정보지를 보기 시작했고, 닥치는 대로 전화를 했고, 건물 청소와 오물 수거를 했다.

부탁을 했다는 것조차 잊고 있을 때쯤 동사무소에서 연

락이 왔다. 담당 직원은 한 의료봉사 기관에서 무료 침 강좌를 여는데 혹시 배울 생각이 있느냐고, 지난번 찾아온 게 생각나 특별히 전화했다고 말했다. 내 딱한 얼굴을 그녀가 기억해두었던 모양이다. 나로서는 마다할 이유가 없었다.

"우리 몸에는 위아래로 연결된 경맥과 좌우로 난 낙맥이 있다. 이렇게 씨줄과 날줄처럼 연결된 경맥과 낙맥을 아울러 경락이고 부른다. 이 경락의 여러 곳에 에너지가 괴거나 괴기 쉬운 곳이 있다. 이곳이 경혈이다. 각 경락의 경혈을 골라서 에너지가 괴거나 멎는 것을 없애주면 경락의 흐름이 좋아진다."

입시를 준비하는 학생처럼 침구학 서적에 연필로 한 번, 다시 볼펜으로 한 번 밑줄을 그어가며 내용을 외웠다. 다 외운 부분은 형광펜으로 칠해두고, 한 면에 형광불이 다 켜지면 페이지를 넘겼다.

침구학은 용어가 낯설지만 원리를 이해하고 나면 무척 신비로운 학문이다. 선생님은 경맥은 경부선, 호남선처럼 일종의 철도이고, 경혈은 부산역, 광주역 같은 역이라고 설명했다. 출발점에서 떠나지 않은 기차를 다음 역에서 기다려봐야 소용없듯, 일단 철도가 출발해 경혈이라는 역들을 통과한 뒤 종착역에 도착해야 통증을 완화시킬 수 있다는

214

것이다. 통증을 덜 느끼게 하는 완화일 뿐, 완치는 아니다. 침을 맞고 돌아가면 잠깐 동안 통증이 가시는 것도 그런 이유 때문이다.

경락의 존재 여부는 아직 해부학적으로 입증되지 않았다고 한다. 하지만 나는 알 것 같았다. 세상에는 눈에 보이지 않고, 설명할 수는 없지만 실제로 존재하는 것이 얼마든지 있다. 말 많은 남한 사회에서 말로 설명할 수 없는 어떤 원리를 배우게 된 것만으로도 나는 막힌 기와 혈이 조금씩 뚫리는 기분이었다. 자연히 마음의 통증도 조금씩 가라앉고 있었다.

솜을 작은 공처럼 뭉쳐서 실로 감은 뒤 거기에 침을 꽂았다 뺐다, 돌렸다 젖혔다 하면서 침놓는 연습을 했다. 먼저 짧은 침으로 하고 다음엔 긴 침으로 했다. 차차 길속이 트이면서 철구 오빠에게 침을 놓기 시작했다. 일종의 모의 임상 치료였다.

"내가 죽을 고비 다 넘기고 남한에 와서 결국은 돌팔이 견습생 손에 죽는구나야."

오빠의 엄살이 늘어갈수록 나는 자신감이 붙었다. 일이 되려고 그랬는지 마침 가까운 한의원에서 침놓는 보조를 구하고 있었다. 나는 6개월 동안 강습을 듣고 받은 수료증을 이력서로 제출했고, 몇 차례 까다로운 실습을 거쳐 합격점을 받았다. 그렇대도 채용은 꿈도 못 꿀 일이었다. 그건 순전히 철구 오빠 덕이었다. 평소 할머니 환자를 많이 모셔와서 원장님께 좋은 인상을 심어준 오빠는 내가 모르는 어떤 이유로 원장님을 홀린 모양이었다.

"원장님께 뭐라고 구라를 풀었어?"

"구라가 뭐냐?"

"말 좀 배워. 음, 일종의 과장된 말이라고 할 수 있지."

"네가 중국에서 잘 나가는 한의사였다고 했어."

"뭐? 왜 거짓말을 해?"

"거짓말 아니잖아. 우리 동네 애들 체하면 네가 바늘로 손 따줬잖아. 그러면 애들이 거짓말처럼 다 나았고."

"그거하고 이게 같아?"

"뭐가 달라? 다 같은 침인데. 그냥 찌르면 되지."

내가 이만한 기반을 갖추도록 도와준 오빠는 또 다른, 나 같은 탈북자들의 기반을 잡아주느라 매일 바빴다. 내가 나를 우러르는 노인들의 메마른 관절에서 위안을 얻을 때, 오빠는 자기가 떠나온 환부의 중심을 찾아다녔다.

오빠는 지하철에서 물건을 팔고, 주유소에서 아르바이트를 하고, 밤에는 대리운전을 하면서 매달 3백 명씩 들어온다는 탈북자들을 도왔다. 오빠가 부처님이냐 하느님이냐 제발 그러지 말라 해도, 그는 노환을 앓던 아버지를 북에 두고

216

온 죄값을 이렇게라도 치러야 한다고 했다.

오빠는 어려서 어머니를 잃고 기근으로 동생을 잃어 혈육이라곤 아버지뿐이었다. 그런 아버지의 생사를 지금은 알지 못했다. 중국을 통해 가끔씩 들어오던 소식도 두 해 전부터는 뚝 끊겼다. 나는 그만하면 되었다고, 할 만큼 했다고 설득했지만 오빠는 요령부득이었다. 오빠는 가만히 있지 못했다.

나는 그런 오빠가 불편했다. 흑인이 성공하면 가장 먼저 하는 일이 그가 살던 흑인 동네를 벗어나는 일이라고 한다. 내게 철구 오빠는 잊고 싶은 고통을 끊임없이 환기시키는 존재였다. 곪어 부스럼이라는 말은, 군더더기 없이 맞아떨어지는 말이다. 부스럼은 처음부터 그 자리에 있다. 때론 있어도 없는 척, 보아도 못 본 척해야 한다. 곪고 나면 필연코 일어나는 게 부스럼이다. 우리 같은 부스럼들은, 있어도 없는 듯 살아야 한다. 이것이 남한에 온 지 4년차 된, 여성 탈북자로서의 내 소견이다.

열쇠가 꽂히고 철커덕 자물쇠가 돌아간다. 열쇠를 돌리는 소리만 들어도 나는 그라는 걸 알 수 있다. 그가 달맞이꽃처럼 노란 점퍼를 입고 성큼 다가와서는 가볍게 내 입술을 깨물었다. 반갑다는 그만의 인사다.

"저녁은 먹었어요?"

"네."

"뭘 먹었는데요?"

"된장찌개요."

"배불리 먹었어요?"

"금옥 씨."

"네?"

"배불리 먹었냐가 아니고, 맛있게 먹었냐고 묻는 거예요. 배불리 먹으면 배 짜구나요."

"아, 그렇게 말하라고 했죠."

나는 부끄러웠다. 벗어났다고, 이젠 다 잊었다고 생각해도, 내 몸속 어디에 아직도 배고픈 유전자가 남아 있는 걸까? 조심한다고 해도 어느 결에 드러나고 만다.

"금옥 씨, 나 그 배는 안 고프고요, 사실 다른 배가 살짝 고파요."

너무 진하지 않은 향기를 담고
진한 갈색 탁자에 다소곳이
말을 건네기도 어색하게
너는 너무도 조용히 지키고 있구나.
너를 만지면 손끝이 따뜻해

주머니에 손을 푹 찔러 넣고 고개를 숙이고 있던 그가 오른쪽 주머니에서 꺼낸 편지에는 이런 글이 쓰여 있었다. 천천히 연달아 두 번을 읽고 난 후 나는 이것이 시인지 물었다. 그는 시는 아니고, 자기가 좋아하는 가수의 노래라고 했다. 나는 불러줄 수 있느냐고 물었다.

그날 밤, 작은 방 침대 위에서 그는 내 머리를 쓸어내리며 이 노래를 불러주었다. 편지에는 도돌이표가 없었는데 나는 자꾸만 다시 불러달라고 했고, 그는 백 번도 더 불러줄 수 있다고 했다. 노래 안에 그와 내 입술이 있었고, 노래 속 탁자 위에 그의 따스한 손이 있었다. 그 순간 온몸에 열기가 퍼지면서, 두 사람 사이엔 소리 없는 정이 흘렀다.

그날 이후로 내게는 일주일 중에 토요일만 있었다. 토요일은 더디게 찾아왔고, 아껴먹는 얼음보숭이처럼 너무 빨리 사라졌다.

"이제 갈게요."

"네."

"다음 주 토요일 저녁엔 민경이랑 외식할까요?"

"네?"

"민경이가 피자 좋아하니까."

"좋아요."

그가 내 이마에 입을 맞추고, 긴 팔을 둘러 폭 감싸 안아 준다. 이때가 제일 좋다. 숲에 들어온 것 같은 푸근함. 그가 시야에서 사라질 때, 내게 일어났던 일들은 방금 빠져나온 숲처럼 아득해진다.

'이렇게 행복해도 되는 걸까? 이 설렘에 언젠가 값을 치러야 하는 게 아닐까?'

민경이가 눈을 비비며 울상이 되어 나온다.

"우리 민경이 왜? 나쁜 꿈꿨어?"

"일어나니까 엄마가 없어."

"그랬어? 뭐 줄까? 빵, 아니면 밥?"

"빵 먹으면서 책 볼래. 책 읽어줘."

"그래, 엄마가 책 읽어줄게."

기범이는 지은이를 볼 때마다 배에 찌르르하는 신호가 왔어요. 이상하게도 기범이는 지은이의 얼굴만 떠올리면 밥 맛이 좋았어요. 양치질도 더는 맵지 않았어요. 엄마는 이런 기범이가 신기해서 물었어요.

"기범아, 새 친구가 생겼어?"

기범이는 고개를 끄덕였어요.

"네, 우리 유치원에 지은이가 왔어요. 지은이는 외국에서 우리 동네로 이사 왔어요. 우리는 금방 친해졌어요. 그런데 엄마, 지은이만 보면 나는 배가 찌르르해요."

여기까지 읽었을 때 민경이 물었다.

"엄마, 기범이는 왜 배가 찌르르해?"

"글쎄, 엄마도 모르겠네. 왜 찌르르할까?"

"음, 기범이는 지은이를 보면 똥이 마려운가?"

나는 웃겨서 눈물이 다 났다. 좋은 사람을 보면 똥이 마렵다고?

"에이, 설마. 근데 재밌네. 왜 그런 생각을 했어?"

"왜냐면, 우리 유치원에 다니는 장미는 똥을 못 누는 병에 걸렸대. 근데 똥을 못 누면 안 좋은 거라고 선생님이 그랬어. 기범이는 똥을 못 누는 병에 걸렸는데 지은이를 보니까 똥을 누려고 배가 찌르르한 거야."

"와, 그럼 지은이가 기범이 병을 고쳐 준거네."

"응."

"와, 우리 딸 진짜 똑똑하다, 그걸 어떻게 알았어?"

"히히, 몰라. 엄마, 나도 똥 마려."

"그래? 그럼, 똥 눠야지. 똥 누러 가자."

중국 남자들 말마따나, 북한 남자들은 중국에선 쓸모가 없었다. 국경 길잡이들은 북한 여자만 모집해서 팔았다. 인신매매였다. 그렇지 않으면 알선비를 내고, 직업을 알아봐 달라고 부탁해야 했다. 그들이 좋은 곳이라고 소개해서 가보면 술집이거나, 농촌 남자에게 팔려갈 정거장이었다. 내게 접근한 길잡이는, 홀어머니를 모시고 사는 효자 농촌 총각이 있는데, 그 집에 들어가서 1년간 밥만 해주면 된다고 했다. 수고비조로 총각이 매달 얼마씩 챙겨줄 거라면서. 나는 술집보다는 낫겠다는 생각에 그 집에 들어갔다. 총각은 늘 취할 때까지 마셨고, 그러면 내 몸을 더듬었고, 신발도 벗지 않은 발로 나를 걷어찼다.

더는 있을 수가 없어서 도망치던 새벽, 공안에게 붙잡혔다. 어딘지 모를 곳으로 끌려갔고, 이내 캄캄한 시멘트 방에 갇혔다. 눈을 떴을 때 어린 시절, 같은 동네에서 뛰놀던 철구 오빠가 있었다. 그는 나보다 삼일 전에 잡혀왔다고 했다. 친오빠를 만난 듯 반가웠다. 우리 둘은 꼼짝없이 북으로 보내질 판이었지만, 오빠가 그동안 모아둔 돈 전부를 털어 경비대원의 차가운 마음을 어르고 달랬다. 돈에 마음이 풀린 그는 물고기 두 마리를 방생하듯 우리를 풀어주었다.

그때는 민경이가 자라고 있는 줄 몰랐다. 우여곡절 끝에

줄이 닿은 선교단체의 도움으로 우리는 남한에 들어왔고, 여섯 달 후 나는 민경이를 낳았다. 사람들은 애비 없는 이 아이가 젊은 내게 덫이 될 거라고 했지만 내 나이 서른, 나는 이미 젊지 않았다. 누가 뭐라 해도 이 아이는 거친 풍랑에서 나를 지켜줄 닻이 되어주리라 믿었다. 이 아이는 옹알이부터 남한 말을 했다. 이 아이는 '새롭게'가 아니라 '처음부터' 시작할 수 있다.

문이 거칠게 흔들린다. 저 사람도 누군지 알 수 있다. 504호의 주미다.

"주미야, 문을 두드리지 말고 초인종을 누르라고 했잖아?"

"누군지 알면서 왜 누르래?"

"예의! 응?"

"피~."

"밥은 먹었어?"

"밥은 됐고, 주전부리할 거 없어?"

카스텔라를 우유에 살짝 적셔 입에 넣고 주미는 새처럼 입을 오물거렸다.

"언니, 나 카스텔라 처음 먹었을 때 죽을 뻔했다."

"저런, 날짜 지난 거 먹었구나?"

"아니. 너무 맛있어서."

“크크, 맞아.”

“아, 짜증 나.”

“왜?”

“집사들이 또 찾아왔어. 언니한테는 안 와?”

“왜 안 와. 그거 귀찮아서 난 불교로 개종했다고 했어.”

“와, 대단하다. 어디서 그런 용기가 생겼대?”

말은 그렇게 하지만 주미는 누구보다 대단한 아이다. 어려서부터 산과 들을 들짐승처럼 뛰어다니며 동네 아이들과 신발 숨기기, 술래잡기, 고무줄놀이로 단련된 아이. 차돌처럼 굳센 아이. 어느 날 새벽, 주미의 아버지와 어머니는 잠든 주미와 동생을 흔들어 깨웠다. 두만강을 건너야 한다고 했다. 주미는 할머니는 왜 안 깨우느냐고 물었다. 엄마는 못 들은 척했다. 주미가 자꾸 되묻자, 엄마는 마지못해 한시가 바빠서라고 했다. 그때, 주미의 눈에서 독기가 피어올랐다. 할머니는 주미가 깨웠다.

홍수로 물이 불어 목까지 차올랐다. 건너다 죽을 수도 있었다. 주미는 어차피 어른들은 살 것이니 할머니만은 제 손으로 붙들겠다고 마음먹었다. 동생은 아빠가 품에 안았고, 가족들은 각기 흩어져 건넜다.

온 정신을 할머니에게 집중한 채 건너고 보니, 아버지도 어머니도 동생도 가뭇없이 사라지고, 할머니와 주미만 손을 꼭 잡은 채 강 저편에 쓰러져 있었다. 주미의 가족들은 그렇게, 두만강을 건너면서 두 동강이 나버렸다.

가족들을 목놓아 불렀지만 아무 기척이 없었다. 마냥 그러고 있을 수 없어서 할머니를 부축하고 산을 탔다. 얼마나 걸었을까? 쓰러졌고, 그 다음은 기억이 없었다. 깨어보니 교회. 북에서는 기독교 사상범을 무섭게 처벌하기 때문에 주미는 처음엔 그곳이 무서웠다. 남한에 오기까지, 주미와 할머니는 그곳에서 매일 성경책을 읽으며 숨어 지냈다. 주미는 이제 열여덟 살이고, 진로와 남자친구가 고민인 남한 아이가 되었다.

주미는 처음엔 교회에서 밥을 주어서 고마웠다고 했다. 밥을 주지 않았다면 할머니와 자신은 죽었을 테니까. 그런데 언제부턴가는 교회에서 성경을 읽지 않으면 밥을 주지 않겠다고 했다. 그래서 성경을 읽었다. 밥은 먹어야 하니까. 주미는, 할머니가 눈이 나쁘니 조금만 읽게 하고 나머지는 자기가 다 읽겠다고 했지만 통하지 않았다. 주미는 교회가 밥을 가지고 장난치는 것 같아서 싫어졌다. 그때부터 집사와 권사를 피해 다닌다.

나는 주미의 짜증을 완벽하게 이해한다. 교회에 발을 끊자, 이제 배부르고 살 만해지니 고마운 줄 모른다는 소리가 들려왔다. 나는 못 들은 척했다. 어차피 남한에 와서 좋은 소리 들어본 적은 한 번도 없으니.

처음부터 용기가 났던 건 아니다. 모두 그가 한 일이다. 그는 한국어와 영어만 가르치지 않았다. 싫은 건 싫다고 말해야 한다고 알려주었다. 탈북자이기 때문에 차별받는 게 아니라, 누구나 어떤 이유로든 차별을 받고 상처를 안고 살아간다고 했다. 그러니 자신의 생각을 분명히 표현하라고 했다. 그의 말에 움츠렸던 기가 뚫리면서 온몸에 온기가 돌았다. 그는 내 마음의 경혈과 상처를 따스한 말로 다스리고 있었다.

"어디서 왔나?", "언제 왔나?", "다른 가족은 어떻게 되었나?", "정말 그렇게들 굶고 사는가?" 그리고 도저히 참을 수 없는 마지막 질문. "정말, 인육을 먹는가?" 사람들은 끊임없이, 지치지도 않고 물었다. 그러나 그는 아무것도, 단 한 번도 묻지 않았다. 그와 있으면 나는 내가 모르는 내가 되는 것 같았다. 어둡고 깊은 나라는 바다를 부드럽게 지켜주는 등대 같은 그.

"너 보고 싶어 하는 사람 많은데, 한 번쯤 나오지?"

"바빠."

"바빠? 누가 바빠? 나야, 너야?"

"오빠 왜 꼭 두 번씩 말하게 만들어. 둘 다야. 됐어?"

"어제 입주한 사람들, 가족이 모두……."

"됐어. 그 얘기 그만해. 지겨워. 오빠 혼자 좋은 일 많이 해. 난 관심 없어."

"사람이 어째 그리 야박하냐? 그냥 나한테 하듯이 밥도 한 번씩 먹이고 그러면 좋잖아."

"싫어."

"왜 싫어? 너 그 자식 들락날락하니까 그 자식이 불편해할까 봐 그러는 거야?"

"그 자식이 뭐야? 말 함부로 하지 마."

드라이아이스가 무대 위로 스르르 올라오는 것처럼, 우리가 마주한 탁자 위로 차가운 냉기가 피어올랐다. 철구 오빠도 더는 이죽거리지 않았다.

"미안해, 내가 좀 예민했나 봐."

"아니야, 근데 금옥아."

"……."

"듣기 좋은 말은 아니다만, 그 자식 아니 지민이라는 사람, 나도 싫지 않아. 인상 좋아 보여. 토대 좋은 집안 사람 같고. 어떨 땐 너를 진심으로 사랑하는 것 같아. 근데 말이야, 네가 힘들 거야. 그는 몰라도 그 집은 아닐 거야. 이런 말 미안하다만, 우리는 서로를 잘 알잖아."

"더 못 듣겠다. 오빠, 가. 당분간 나 찾아오지 마. 다시 안 오면 더 고맙고."

나는 벌떡 일어나 냉랭하게 돌아섰다. 한의원으로 들어온 후 내다보니, 오빠는 남은 드라이아이스를 통째로 뒤집어쓴 채 그 자리에 굳어 있었다. 오빠가 그런 말을 해서가 아니다. 나는 말하지 못했다. 그 사람은 이미 아들도 있고, 아내도 있다고. 그렇지만 그게 어때서? 내가 그와 같이 살자는 것도 아니고 그냥 좋아만 하겠다는데. 좋아하는 것도 안 되는 건가?

"지민 씨, 늦어요? 우리 도착했는데."

휴대전화 너머에 있는 그가, 한참 후에 입을 뗐다. 목소리에 힘이 없다.

"금옥 씨, 미안해요. 오늘 저녁 같이 못해요. 나중에 전화할게요."

"네? 무슨 일 있어요?"

"미안해요."

"못 보는 건 괜찮아요. 근데 무슨 일 있어요? 말 안 해주면 걱정하잖아요."

"아침에 갑자기 장이 꼬여서 병원에 왔어요. 맹장염이래요."

"맹장염이요?"

"괜찮아요. 오전에 수술했고, 수술 잘 끝나서 며칠만 쉬면
된대요. 걱정하지 마요."

"병원이 어딘데요?"

"모란대학병원이요. 아, 괜히 말했네. 금방 퇴원할 거니까
걱정 마요. 알았죠?"

자초지종을 묻는 오빠에게 다녀와서 말해주겠다고 하고
나는 민경이를 가방 맡기듯 오빠에게 건넸다. 서울 가는 고
속열차를 타고서야 정신이 들었다.

'가면 만날 수는 있을까? 미쳤구나, 내가.'

그제야 가족들에게 둘러싸여 있을 그가 떠올랐다.

1층 데스크에서 병실 호수를 묻고 엘리베이터에 올랐다.
띵 하고 8층에서 엘리베이터가 섰다. 긴장해서인지 내리다
가 어린아이가 탄 휠체어에 발이 살짝 깔렸다. 다리를 절뚝
거리며 복도 끝에 있는 816호를 찾았다. 나는 더 이상 나아
가지 못하고 복도 끝에 놓인 작은 의자에 앉았다. 한 젊은
여자가 옆자리에 앉았는데, 여자가 든 봉투 안에서 붕어빵
냄새가 났다. 그녀가 사라지자 복도엔 다시 소독약 냄새만
남았다.

816호 병실의 문은 굳게 닫혀 있었다. 멀리 보이는 긴 복
도가 물에 잠긴 것 마냥 어룽거렸다. 내가 앉은 의자와 816
호의 거리는 마지막으로 건너온 두만강만큼이나 멀게 느껴

졌다.

두만강은, 사실 이편에서 저편이 그리 멀지 않다. 강 하나를 사이에 두고 북이 있고 중국이 있을 뿐이다. 홍수가 날 때만 아니면 강은 아이들이 고기 잡고 물장구치는 놀이터다. 당에서 꼬박꼬박 배급을 주던 시절, 풍족하진 않아도 배고프진 않았다. 그 시절의 강은 사시사철 아름다웠다. 그때는 누구도 목숨 걸고 이 강을 건너지 않았으니까. 적어도 그때까지는 지금처럼 개가 늑대로 보이는 시간은 없었으니까.

철구 오빠와 함께 감자를 먹고 뛰어놀던 어릴 적에는, 작은 리에 사는 사람들이 읍에 있는 시장으로 매일 물건을 사러 왔다. 시장 근처에 있는 너른 운동장에서 마을 사람들이 널뛰기도 하고 달리기도 했다. 사람들의 함성이 저녁까지 끊이지 않았다.

"남한 사람들은 탈북자를 새터민이라고 불러요. 새, 터, 민. 새로운 터전에 사는 사람들이라는 뜻이에요. 탈북자보다는 훨씬 낫죠. 의미도 좋고, 어감도 괜찮고."

그는 나를 처음 만난 날 새터민의 뜻에 대해 알려주었다. 이곳은 내게, 언제까지 새로운 터전이어야만 할까? 그를 보기만 하면 찌르르하던 내 배는 민경이 말대로 화장실 한 번 다녀오면 나아질까?

“고개를 조금만 숙여보세요.”

여인의 목 뒤쪽 혈을 짚고 차례로 침을 꽂았다. 철구 오빠가 옆에서 자꾸 콧노래를 부르며 얼쩡거린다.

“일하는 데 방해하지 말고 좀 떨어져 있으면 하는 작은 소망이 있네요.”

“금옥아, 너는 말을 참 잘해. 말 선생을 잘 만나서 그런가?”

내가 흘겨보니 오빠가 얼른 딴짓을 한다.

“이렇게 네가 와서 침을 놔주니까 얼마나 좋아.”

“저리 가라니까.”

“알았어. 아주머니랑 따님, 정말 운이 좋으신 거예요. 이 침쟁이 언니가 좀 까다로워서 그 전에는 이런 착한 일 안 했거든요. 몇 번 더 맞으면 좋아질 거예요. 몇 주 지나면 차차 적응도 될 거구요.”

❖

“우지민 씨라고요? 저, 그런 사람 모릅니다. 전화 잘못 거셨습니다.”

전화를 끊었다. 아니, 오프 버튼을 길게 눌러 아예 전화를

죽였다. 전원이 끊겨 까맣게 변한 액정을 오랫동안 바라보
았다.

롤러코스터

"이 집단은 서로에게 상처를 입히지 않으면서도 각자의 문제를 끄집어내도록 돕고 있다. 한 사람이 힘들다고 느끼면 다른 집단원이 거들면서 상황을 정리해나간다. 모든 리더들은 상황을 스스로 해결하며 깊어지는 집단을 만나길 원하는데, 이 집단이 그런 모습을 보여주고 있다. 리더의 도움 없이도 상생하는 역동을 보여주고 있다."

지상 수십 미터 높이에서 빙글빙글 돌다가 거꾸로 매달아 좌우로 흔든다. 일부러 속도를 늦추었다가 정점에 이르러 눈을 뜰 수 없을 만큼 빠른 속도로 하강한다. 일그러진 몸 전체에서 비명이 새어나올 때까지 이를 반복한다.

어떤 이는 쾌감을 느끼기 위해 일부러 롤러코스터를 타기도 한다지만, 느리게 오르고 빠르게 떨어지는 굴곡 많은 인생들을 보며 나는 롤러코스터를 타본 적 없는 내 인생에 안도해왔다. 적어도 이번 일이 생기기 전까지는. 롤러코스터에 탄 사람들이 거꾸로 매달려 있어도 떨어지지 않는 건 안전대 때문이었는데, 방심해왔던 내게는 그런 안전대가 없었다.

그 여자를 사랑하느냐고 물었지만 남편은 대답하지 않았다. 내가 상처 입을까 봐 걱정해서가 아니다. 그는 비로소 자신의 인생이 궁금해졌다고 했다. 그가 여자에 대해서만 고민했다면 좋을 텐데, 자신의 인생 전체를 물음표로 만들어버렸으니 더 이상 내가 할 수 있는 일은 없다. 덕분에 아들과 나는 괄호 안에 갇혔다.

"나 좀 나갔다 와도 돼?"

그는 토요일마다 이주민들을 대상으로 해오던 한국어강의를 언제부턴가 그만둔 것 같았다. 왜 그만두었는지 묻지 않았다. 다른 어떤 것을 물어도 이야기가 겉돌 것만 같았다.

"언제부터 내 허락받고 다녔어? 저녁밥은?"

"먹고 들어오라고?"

"왜? 먹고 들어오고 싶어?"

"당신 상 차리기 번거로우면 먹고 들어와도 된다고."

"그냥 집에서 먹기 싫다고 말해."

"그런 게 아니라……."

남편은 신발을 신고 나가려다가 나를 보았다.

"영아야, 넌 말을 왜 그렇게 해?"

"뭐? 내 말이 어때서?"

창백해진 남편의 얼굴에 유성이 지듯 빠르게 낙담이 스러진다.

"됐다."

현관문이 닫히기 전에 나는 재빨리 귀를 막았다. 언제부
턴가 심심찮게 들리는 저 소리. 안방 문도 쾅. 현관문도 쾅.
막 우려낸 유자를 설거지통에 부어버렸다. 방금까지 먹
음직스럽던 노란 유자가 꼭 게워낸 음식물처럼 보였다.

날짜와 시간 : 5월 20일. 토요일. 오후 4시
회기 : 5회
집단원 : 뿌리, 맨주먹, 미소, 포스트잇, 나비, 시계, 적금, 지
　　　　진(시어머니가 위독해서 불참함)
리더 : 무지개
참관 및 기록 : 연필

나비가 말했다.
"세탁소에서 옷을 찾을 때였어요. 마침 제가 돈이 없어서
남편에게 대신 내달라고 했어요. 그런데 남편이 세탁물을
한참 쳐다보더니 아줌마가 이렇게 짧은 스커트를 입고 다니
느냐고 화를 버럭 내는 거예요. 그리고 죄다 제 옷인데 왜
자기가 돈을 내야 하냐면서 그냥 나가버렸어요. 세탁소 아
저씨 앞에서 무안해서 어쩔 줄 몰랐죠."
맨주먹이 말했다.

"나는 나비 남편의 심정이 조금 이해가 돼요. 솔직히 나비
는 옷차림이 너무 야한 것 같아요. 눈을 어디에 둬야 할지
모르겠어요. 민망하기도 하고."

나비가 말했다.

"어머, 남자도 아니면서 뭐가 민망해요?"

"그럼 남자들 보라고 일부러 그렇게 입고 다니는 거예요?"

"누구 보라고 입는 거 아니에요. 내가 좋아서 입는 거지."

이번에는 적금이 말했다.

"나도 나비 보면서 그런 생각한 적 있어요. 예쁜 사람이
꾸미니까 좋긴 한데 옷이 너무 짧아서 아슬아슬하달까?"

말할 때마다 코를 만지작거리는 버릇이 있는 적금은 집
중하거나 긴장하면 더 자주 코를 만졌다. 이번에도 코를 만
지작거리며 말했다.

"이건 좀 다른 얘긴데요, 맨주먹은 다른 사람이 말할 땐
그렇지 않은데 나비가 말할 때는 민감하게 반응하는 거 알
아요?"

맨주먹의 눈이 커졌다.

"내가 그랬어요?"

미소가 웃으면서 거들었다.

"맞아요. 나도 그런 생각했어요. 맨주먹은 나비에게 관심
이 많은 거 같아요."

적금과 미소가 나비에 대한 맨주먹의 반응을 지적하자 나비는 두통이 사라져 개운해진 진통제 광고 모델처럼 일순 표정이 밝아졌다. 볼에 홍조까지 도는 게 기분이 무척 좋아 보였다. 맨주먹이 자기에게 관심을 보였기 때문인지, 대화의 방향이 자기에게서 맨주먹에게로 옮겨갔기 때문인지 알수 없지만, 나비가 타인의 시선을 즐기는 것만은 분명했다. 하지만 나비가 노출이 심한 옷을 입고 다니는 데는 다른 이유가 있었다. 집단 상담을 시작하기 전 개인 면담에서 나비는 내게 그 이유를 털어놓았다.

나비는 오른쪽 눈동자가 눈 안쪽으로 조금 몰려 있다. 어른들은 차마 면전에서 말하지 못 하는 걸 아이들은 종종 하는 탓에, 어릴 때는 사팔뜨기라고 놀림도 많이 받았다고 한다. "가슴골이 깊게 팬 브이 네크라인 상의에, 짧은 스커트 정도는 입어야 제 눈에 쏠리는 시선을 분산시킬 수 있어요"라고 그녀는 말했다.

지금도 나비의 오른쪽 눈동자는 초점을 잃고 불안하게 흔들린다. 자기의 약점을 드러낸 직후라 더욱 그럴 것이다. 주의 깊게 보지 않으면 지나칠 수 있는 정도인데, 나비는 여전히 자기의 눈에 매여 있었다. 종이에 손끝이 베일 때의 미세한 통증은 당사자만 느낄 수 있다. 크기가 다를 뿐, 고통이 아니라곤 할 수 없다. 집단에는 늘 각 개인의 드러난 고통과 숨기고 있는 고통이 공존한다.

"근데 미소는 왜 만날 웃어요?"

이야기의 중심에 있던 나비가 갑작스레 미소에게 말을 걸면서 주의를 돌렸다. 그 순간 나는 집단의 리더인 무지개를 보았고, 무지개도 나를 보았다. 우리는 같은 생각을 하고 있었다. 나비는 자기에게 시선이 집중되는 걸 즐기면서도 답하기 곤란한 질문 앞에서는 재빨리 화제를 돌려 문제를 피해버리는 경향이 있었다. 나비는 지난번 회기에서도 자기에게 쏠리는 이목을 자연스럽게 다른 집단원에게 돌린 적이 있다. 무지개는 집단원 가운데 누군가 나비의 이런 모습을 건드려주길 기다렸지만, 아직 아무도 이를 지적하지 않았다. 집단원들의 무반응은 나비의 습성을 눈치채지 못해서일 수도 있고, 나비의 관심 돌리기 전략보다 미소의 '미소'를 더 중요하게 받아들이고 있다는 의미일 수도 있었다.

나는 나비의 '회피'와 미소의 '미소'를 작은따옴표에 넣고 동시에 체크했다. 무지개와 나의 바람과는 달리 나비가 의도했던 대로 화제는 이내 미소에게로 전환되었다.

뿌리가 말했다.

"지난번에 제가 말을 끝내자마자 미소가 웃었을 때, 기분이 몹시 나빴어요. 미소는 모든 상황을 웃어넘기려는 습성이 몸에 밴 것 같아요. 잘 웃는 건 좋지만 진지한 순간에 웃어버리면 상대는 기분이 나쁠 수밖에 없어요. 미소 자신은 실없는 사람이 되는 거고요."

뿌리의 말이 끝나자 집단에는 한동안 침묵이 흘렀다. 20회 집단 상담에서 5회기는 비교적 초기이지만, 집단원들은 서로간의 특징적인 버릇이나 말투를 어느 정도 파악하게 된다. 집단원들은 이미 미소의 특징을 어느 정도 인식하고 있었다.

뿌리의 말처럼, 미소는 누가 어떤 말을 하든 잘 웃었다. 심각하거나 슬픈 이야기 끝에도 종종 웃어버려서 집단원들을 당황하게 만들기도 했다. 지난주에 뿌리는 남편과 자신이 맞벌이를 하느라 다섯 살 난 딸아이를 친정엄마에게 맡겨두는데 주말에 아이를 데리러 갔더니 아이가 할머니만 찾고 자기에겐 고개도 돌리지 않아서 마음이 아팠다고 말하며 흐느꼈다. 집단원들은 일하는 엄마들이 자주 겪는 일이라며 너무 자책하지 말라고 뿌리를 다독였다. 뿌리는 집단원들이 보여준 공감과 지지에 크게 감동했고, 더 많이 말함으로써 자기감정의 뿌리를 드러냈다. 대단한 일을 하는 것도 아닌데 밖으로 나돌지 말고 집에서 아이나 기르라는 남편의 비난과 집에서 애를 보는 게 오히려 돈 버는 일이라는 시어머니의 질책에 뿌리는 잔뜩 주눅이 들어 있는 상태였다.

집단 안에는 뿌리의 상황에 공감하는 안타깝고 선량한 기운이 흐르고 있었다. 그때 미소가 소리 내어 웃었다. 집단원들은 놀랐고, 뿌리의 얼굴이 일그러졌다. 집단원들은 당시 미소의 웃음을 지적하지 않았지만 언젠가는 말하려고 마음속에 담아두고 있었던 게 분명했다. 집단 밖에서 비난받아온 행동은 대개 집단 안에서 재생된다. 집단도 세상만큼 너그럽지 않다.

마침내 무지개가 침묵을 깼다. 그녀는 집단원들의 얼굴을 둘러보면서 뿌리의 말에 대해 어떻게 생각하는지 물었다. 헛기침을 두어 차례 하더니 시계가 다시 미소에게로 화살을 돌렸다.

"미소 자신은 뿌리의 말을 어떻게 생각해요?"

무거운 돌을 건네받은 사람처럼, 번쩍 들어 올리지도 그렇다고 내려놓지도 못하는 어정쩡한 자세로 미소는 말없이 고개를 숙였다. 동그랗게 모여 앉은 집단 안에 다시 무거운 침묵이 고였다. 집단에서의 침묵은 1분도 무척 긴 시간이다.

그 순간 포스트잇이 말했다.

"미소에게 시간을 좀 주죠. 우리도 갑자기 질문을 받으면 당황하잖아요."

미소는 고개를 들고 포스트잇을 향해 희미하게 웃었다.

"저는 방금 미소를 보면서 안쓰러움을 느꼈어요. 저는 남한에 온 후로 항상 질문을 받았어요. 질문을 받는 게 뭐가 문제겠어요. 하지만 질문만 받으면 자기를 문제 있는 사람으로 느끼게 되죠. 그럴 땐 어디로든 숨고 싶지만 그렇다고 진짜 숨을 수도 없잖아요. 그래서 전 대답하고 싶지 않을 땐 미소를 지었어요. 좀 낫더군요. 저처럼 미소도 혹시 곤란한 상황에서 미소 뒤로 숨는 게 아닐까요?"

포스트잇이 이렇게 길게 말한 건 처음이었다. 그녀의 목소리는 차분하고 조용했지만 집중하게 만드는 힘이 있었다. 집단원들은 그녀의 말 하나하나에 귀 기울이며 민감하게 반응했다. 집단원들은 포스트잇이 말하는 것만으로도 반가운 것 같았다. 포스트잇이 다시 입을 다물까 봐 걱정이 되었는지 시계가 연이어 물었다. 시계의 음성이 평소보다 약간 떨렸다.

"포스트잇의 말에 공감은 돼요. 하지만 미소에는 여러 가지 뜻이 담겨 있잖아요. 안 좋은 상황을 웃어넘기려는 것일 수도 있지만, 기분이 좋거나 고마워서, 혹은 미안함에 대한 표현일 수도 있어요. 게다가 비웃음이라는 것도 있죠. 미소의 미소는 어쩐지 기분 나쁜 미소, 그러니까 비웃음으로 느껴질 때가 많았어요. 나만 그렇게 느꼈나요?"

시계는 집단원들을 둘러보았다. 자신의 지적에 동의든

반대든 어서 말해보라는 신호를 보내고 있었다.

"이렇게 하면 어떨까요?"

적금이 입을 뗐다.

"집단 1회 때 우리 모두 자신을 잘 드러내주는 별칭을 지었잖아요. 적금이라는 제 별칭은 이런 뜻이에요. 저는 무조건 돈만 중요하다고 생각하는 사람은 아니에요. 그런데 속된 말로 먹고 죽으려고 해도 돈이 없으니까 힘들 때가 많아요. 통장 잔고는 언제나 바닥이에요. 적금은 생각할 수도 없죠. 저도 오천만 원 정도 적금을 타는 날이 있었으면 좋겠어요. 한 번에 만질 수 있는 목돈 말이에요. 그래서 적금이라고 지었어요. 미소는 자기의 별칭을 미소라고 지었어요. 미소가 왜 미소라고 지었는지 말해주면 미소를 이해하는 데 도움이 될 것 같아요."

미소는 곤혹스러워 보였다. 고양이에게 몰린 생쥐가 더는 물러설 곳이 없음을 확인하고 난감해진 표정이랄까. 미소는 불안한 듯 엄지손가락을 이 사이에 넣고 깨물었다. 그러더니 어쩔 수 없다는 듯 입을 뗐다.

"죄송해요. 사실 전에도 여러 번 이런 지적을 받았어요. 제가 여기 오게 된 건 삼촌의 충고 때문이에요. 삼촌은 대형 마트의 매장 관리자예요. 집에서 노는 저를 판매원으로 취직도 시켜주었죠. 삼촌은 제가 잘 웃는 게 장점이라고 했어요. 평소에 하던 대로 손님들을 맞으면 된다고 했죠. 손님이 짜증을 내도 늘 미소로 대하니까 처음에는 매장 언니들도 제가 서비스업 일을 타고났다고 칭찬했어요. 그런데 한 번 은 어떤 손님이 하자가 있는 물건을 돈 받고 팔았다며 마구 화를 냈어요. 어찌나 길길이 날뛰는지 고삐 풀린 망아지 같 았어요. 매장 언니들이 모두 제 등을 떠밀었죠. 저는 그 손 님 앞에서 많이 웃었어요. 그랬더니 손님이 지금 자길 비웃 는 거냐고 더 화를 내더군요. 그런 일이 몇 번 더 있었어요. 매장 언니들도 내가 좀 과하게 웃는다며 이제 그만 웃으라 고 했어요. 둘러앉아 이야기하다가도 제가 웃으면, '너 웃지 마. 기분 나빠' 하고 말해요. 어떤 언니는 여럿이 도시락을 먹다가도 제가 들어가면 먹기 싫다고 나가버리기도 했어요. 혼자 밥을 먹는 날이 많아졌고, 사람들이 저와 함께 일하기 힘들다고 한 말이 삼촌에게도 들어간 모양이에요. 그래서 삼촌이 상담치료를 받아보라고 하더군요. 상담치료가 꼭 문 제 있는 사람만 받는 건 아니라고 하면서. 그런데 전 좀 억 울해요. 언제부터, 왜 그랬는지 저도 잘 모르니까요. 그냥 지금은 설명할 수 없다고 말하는 편이 낫겠어요. 지금부터 열심히 생각해볼게요."

미소가 미소 때문에 겪었던 일들을 담담하게 털어놓는 동안 미소를 향했던 집단원들의 매서운 눈빛은 조금 누그러지는 것 같았다. 의혹이 다 풀렸다고 할 수는 없어도 정상 참작은 해줄 수 있다는 태도였다. 미소 역시 집단원들의 요구를, 반갑지는 않아도 의미 있게 받아들이고 있었다.

누구든 스스로 집단에 찾아올 땐 자신을 바꾸고 싶은 의지를 충전하고 온다. 얼마든지 더 고민해도 좋을 만큼 미소는 현재 충분히 충전되어 있었다.

"미소 말대로 미소에게는 충분히 생각할 시간이 필요한 것 같아요. 회기가 끝나기 전에 미소가 해결의 실마리를 찾으면 좋겠어요. 그건 그렇고, 저는 포스트잇에게도 궁금한 게 있어요. 아까 포스트잇도 미소 뒤에 숨는다고 했는데 무슨 뜻이에요? 집단 시작하고 5회 동안 대부분 적잖이 자신의 고민을 얘기했는데 포스트잇은 자기가 북에서 왔다는 거 말고는 이렇다 하게 속내를 드러낸 적이 없잖아요. 신중한 성격인 건 알겠는데 혼자서 너무 점잖은 척하니까 자꾸 신경 쓰였어요. 집단엔 왜 들어왔어요?"

집단 안에서는 자기 이야기만 하고 다른 사람에게 무관심한 사람도 미움을 받지만, 듣기만 하고 자기 표현을 하지 않는 사람도 표적이 되기 쉽다. 내가 패를 이 정도 보여줬으면 너도 뭔가 보여줘, 너도 나만큼이나 한심하다는 걸 밝혀, 하는 식의 압력을 받게 된다. 시계의 질문에는 다분히 그런 뜻이 담겨 있었다.

포스트잇은 예의 그 깊고 담담한 목소리로 이야기를 시작했다.

"처음에는 이런 집단 상담이 있는 줄 몰랐어요. 저는 한 달 전부터 일주일에 한 번씩 이 상담소에 와서 내담자들에게 침과 뜸을 놓고 있어요. 어느 날 침을 놓으려고 내담자의 옷을 올리는데 그녀 몸 곳곳에 퍼런 멍 자국이 있었어요. 몸도 아팠겠지만 마음은 얼마나 아팠을까? 등에 침을 놓는 사이 나도 모르게 눈물이 떨어졌나 봐요. 그녀가 베개에 고개를 묻은 채로 말했어요. 울지 말라고. 고민 없는 사람은 없다고. 자기는 집단 상담을 해볼까 하는데 같이 해보지 않겠냐고. 누구라고 말할 순 없지만 고맙게도 그분이 이 안에 있어요."

포스트잇의 말이 끝나자 집단원들이 잠깐 술렁였다. 포스트잇을 집단에 소개한 사람이 아니라 남편에게 맞고 사는 여자가 누굴까 하는 궁금증으로.

집단원들의 반응을 의식한 포스트잇이 자기 사연을 이어서 말했다.

"남한에 와서 사랑하게 된 남자가 있어요. 우린 처음부터 이루어질 수 없는 사이였어요. 나와의 관계를 곤란해하는 그를 지켜보는 게 힘들었어요. 헤어지자고 말한 적은 없지만 그 사람 전화를 받지 않는 걸로 내 마음을 표현했어요.

그의 전화를 받지 않는 건 무척 어려운 일이었어요. 시간이 흐르면 무뎌질 줄 알았는데 잊히질 않아요. 점점 더 보고 싶어져요. 욕심이지만 그 사람이 제게 돌아오면 좋겠어요. 돌아온다면, 있는 그대로의 그 사람을 받아들이고 싶어요."

포스트잇은 한동안 말을 잇지 못했다. 집단원들도 더는 묻지 않았다. "그 사람이 제게 돌아오면 좋겠어요" 하는 포스트잇의 말이 반복적으로 내 귓가에 울렸다.

돌아오면 좋겠다,

돌아오면 좋겠다,

돌아오면 좋겠다…….

나도 모르게 그 말을 반복해서 적어 내려갈 때 연필심이 똑 하고 부러졌다. 떠나버린 마음은 어떻게 해야 돌아오는가? 떠나버린 마음은 언제 돌아오는가? 그날을 미리 알려주면 좋을 텐데……. 무연한 듯 텅 빈 시선, 함께 누워 있지만 홍해처럼 갈라진 침대. 남편의 마음은 아직 돌아오지 않고 있다.

별칭을 적어낼 때 포스트잇은 노란 포스트잇에 주저 없이 포스트잇이라고 적었다. 남한에 와서 많은 것에 놀랐지만 자유자재로 붙었다 떨어지는 종이를 보고 놀라서 까무러칠 뻔했다는 그녀는, 포스트잇처럼 필요할 땐 어디든 붙었다가 필요 없을 땐 흔적도 없이 깨끗이 떨어지고 싶다고 말했다. '흔적도 없이'라는 구절을 힘주어 말할 때 그녀는 어쩐지 쓸쓸해 보였다. 나는 그녀에게서 포스트잇처럼 붙었다 떨어지기보다 어느 한 곳에 꼭 붙어서 절대로 떨어지고 싶지 않다는 의지를 읽었다. 그 의지는 포스트잇보다는 강력 접착제에 가까웠다. 그녀의 '그'가 어떤 조건에 놓여 있는지 알 수 없지만 포스트잇은 그의 곁에 딱 달라붙고 싶은 것 같다.

뿌리가 말했다.

"포스트잇의 말을 듣다 보니 옛날 생각이 나네요. 까마득한 옛날이지만 절절했던 감정만은 지금도 생생해요. 처음 만난 날부터 어쩐지 그 사람이 낯설지가 않았어요. 우린 보자마자 사랑에 빠졌죠. 2년을 사귀고 결혼 허락을 받으려고 저희 집에 갔는데 엄마가 그 사람을 보고는 너 영식이 아니냐, 하는 거예요. 그이가 오촌 당숙의 아들이었던 거예요. 우리는 서로 친척인 줄 몰랐었죠."

"어머, 세상에!"

여기저기서 놀라움과 안타까운 한숨이 터져 나왔다.

"그래서 어떻게 되었어요?"

나비가 침을 꼴딱 삼키며 물었다.

"집이 발칵 뒤집혔어요. 엄마는 제게 그 사람과 어디까지 갔는지 그것만 물었어요. 나는 너무 화가 나서 어디까지 간 게 뭐가 그렇게 중요하냐고, 이럴 줄 알았으면 아이를 먼저 가져버리는 건데 그랬다고 대들었어요. 그때 등짝을 얼마나 맞았는지 몰라요. 지금이야 남 이야기하듯 웃지만 그땐 정말 죽고 싶었어요. 모두 쌍수 들고 반대하는 통에 우린 헤어졌어요. 벌써 20년 전 일이네요. 포스트잇, 어떤 상황인지 모르지만 힘내요. 결국 시간이 해결해주거든요."

뿌리의 응원에 이어 맨주먹이 말했다.

"하긴, 내 주변에도 비슷한 사랑이 있어요. 우리 동서는 동성동본끼리 만났는데, 집에서 하도 반대하니까 둘이 도망가 버렸어요. 지금은 애 낳고 잘 살아요. 포스트잇도 다른 사람 신경 쓰지 말고, 마음 가는 대로 해요. 유부남만 아니면 되죠, 뭐."

포스트잇은 말없이 미소만 지었다. 집단 상담을 할 때 집단원들은 자신을 어디까지 보여줄 것인가를 매순간 고민한다. 매번 모두 보여줄 수 없고, 늘 감출 수도 없다. 바위 뒤에 매복하기도 하고, 빠르게 전진하기도 하면서 관계의 적정한 거리를 몸으로 익힌다.

포스트잇의 바람은 정확히 두 시간 전 설거지통 앞에서의 내 독백과 닮았다. 남편은 그 여자와 이루어질 수 없다는 사실을 슬퍼하는 걸까? 아니면 자꾸만 어긋나고 있는 우리 관계에 절망하고 있는 걸까? 어떤 이유라 해도 나는 이미 심각한 내상을 입었다. 롤러코스터를 탄 사람들의 이야기만 들어왔을 뿐 지금껏 한 번도 직접 올라타 본 적은 없었다. 하지만 놀라서 까무러치는 정신과 육체의 고통을 어찌 나라고 피해갈 수 있을까?

당분간 떨어져 지내고 싶다고 그가 사실상의 별거를 제안하던 날, 바람이 불었고 마지막 남아 있던 그에 대한 신뢰는 그 바람에 날아가 버렸다. 그런데도 왜 나는 그의 마음이 돌아오길 기다리는가? 포스트잇의 담담한 바람을 들으며 나는 비로소 스스로에게 솔직해질 용기를 얻었다.

실존 심리학자 야롬은 사람의 관계가 실패하는 이유는 한 사람이 상대방을 소외에 대한 방패막이로 이용했기 때문이라고 했다. 남편은 언제나 나의 태양이었다. 인정하기 싫지만 서로를 위해서라기보다 나 자신, 남에게 보이는 우리의 모습에 신경 쓰느라 내가 그를 이용했는지도 모르겠다. 부부관계를 이루는 반쪽의 책임에서 자유로울 수 없다는 걸 나는 지금 힘겹게 받아들이는 중이다. 그러니 그는 반드시 다시 돌아와야 한다. 나의 고해성사를 그에게 들려주어야 한다. 나는 다시 시작하고 싶다. 아니, 우리는 다시 시작할 수 있다고 믿고 싶다.

집단 5회차가 끝났다. 모두들 돌아간 빈 책상에 앉아 나는 관찰후기를 썼다.

"이 집단은 서로에게 상처를 입히지 않으면서도 각자의 문제를 끄집어내도록 돕고 있다. 한 사람이 힘들다고 느끼면 다른 집단원이 거들면서 상황을 정리해나간다. 모든 리더들은 상황을 스스로 해결하며 깊어지는 집단을 만나길 원하는데, 이 집단이 그런 모습을 보여주고 있다. 리더의 도움 없이도 상생하는 역동을 보여주고 있다."

모두들 돌아간 줄 알았는데 포스트잇이 상담실에서 나오고 있었다. 나와 눈이 마주치자 그녀가 환하게 웃었다. 나도 따라 웃었다.

"미소 뒤에 뭘 숨긴 거죠?"

내가 묻자 그녀가 모처럼 크게 소리 내 웃었다.

"하하, 많은 걸 숨겼죠."

"오늘 고마웠어요."

나는 진심으로 오늘 그녀가 고마웠다.

그녀가 말했다.

"뭐가요?"

"그런 게 있어요."

잠시 생각에 잠기는 것 같더니 그녀가 목례를 하고 문을 나섰다. 나도 모르게 그녀를 불렀다.

"포스트잇!"

"네?"

"그분이 돌아오길 저도 바랄게요. 이건 저 자신에게 하는 말이기도 해요."

"고맙습니다. 선생님 바람도 이루어지길 바랄게요."

그녀가 더는 미소 뒤로 감추는 슬픔이 없길 나는 진심으로 바랐다.

관계의 윤리학을 위해

윤지영 (시인)

세상의 모든 이야기는 어쩌면 까꿍 놀이에 그 기원을 두는 지도 모르겠다. 손으로 얼굴을 가렸다가 "까꿍" 또는 "짜잔"하면서 다시 나타나는 그 놀이를 나도 즐거워했는지는 기억나지 않는다. 그러나 내 조카는 그 놀이를 숨넘어가게 깔깔거리며 좋아했다. 소파 뒤에 숨거나 이불을 뒤집어쓰고 있다가 나타나는 단순하고 단조로운 행위가 뭐 그리 재미있는 걸까?

내 조카만 그 놀이를 좋아했던 건 아닌 것 같다. 인간 정신의 미개척지를 탐사한 프로이트의 손주도 그 비슷한 놀이를 좋아했다는 기록이 있다. 실패를 의자 밑으로 던져 안 보이게 했다가 실을 잡아당겨 다시 확인하기를 반복하며 희열을 느끼는 손주에게서 프로이트는 상실과 회복, 그리고 고통과 언어의 관계에 대한 통찰을 얻는다. 그에 따르면 그것은 단순한 놀이가 아니다. 인간을 가장 실의에 빠지게 하고 죽을 때까지 괴롭힐 고통의 뿌리, 즉 상실을 극복하기 위한 자구책이다. 지금은 안 보이지만 실 끝에 연결되어 있어 잡아당기면 되돌아올 것이라는 믿음, 사라진 것처럼 보이지만 어딘가에 존재하고 있다는 믿음. 까꿍 놀이는 바로 이 믿음을 만들어줌으로써 앞으로 겪게 될 무수한 상실의 고통에 대비하게 한다. 처음에는 술래잡기하는 엄마로, 그 다음에는 실패로, 그리고 마침내 지금은 안 보이지만 내일 아침 다시 떠오를 해님에 관한 이야기로 상실과 회복의 경험을 재구성할 수 있을 때 우리는 성장했다고 할 수 있다. 상실과 부재에 대한 공포가 영혼에 깊이 새겨진 어른이 되는 것이다.

김민아의 첫 번째 소설집에 실린 열한 편의 이야기들은 그런 상실에 관한 이야기이다. 그러나 그의 소설들은 잃어버린 것은 되찾기 마련이라는 희망을 이야기하지 않는다. 우리가 잃어버린 것이 얼마나 소중하고 아름다운 것이었는지 향수를 불러일으키지도 않는다. 사라진 것은 언젠가 되돌아온다는 것이 만들어진 '믿음'이며 깨어지기 쉬운 '환상'임을 알기 때문이다. 따라서 그가 관심을 갖는 것은 우리가 기대고 있는 관계가 얼마나 허약한가 하는 점이다. 삶의 위안처라 여겼던 관계마저 사실은 매일 조금씩 허물어지고 있으며, 어디에도 우리가 꿈꾸는 완벽하고 안정적인 관계란 존재하지 않는다는 뼈아픈 진실

256

을 들여다본다. 그러니까 김민아의 소설들은 고(故) 김광석의 노래 가사처럼 "매일 이별하며 살고 있"다는 이야기를 하고 있는 것이다.

1. 관계의 블랙홀, 핏줄

이 소설집의 표제작이기도 한 첫 번째 에피소드 〈엄마, 없다〉에는 상실의 고통이 다섯 살 꼬마 선미의 입을 빌어 이야기된다. 동생이 생기면서 뒷전으로 밀려나게 된 이 어린아이는 온전히 자기 것이었으나 이제는 더 이상 독점할 수 없는 엄마에 대한 그리움과 분노로 고통스러워한다. 어린 동생 쪽으로 돌아누운 엄마의 등을 바라보며, "그 등은 세상으로부터 나를 지키는 바람막이가 아니라 앞으로 내가 만나게 될 세상이라는 벽"임을 알게 되었을 때, 그는 이미 세상의 그 어떤 관계도 영원하고 완전할 수 없다는 끔찍한 비밀을 알아버린 어른이다.

그러나 그런 비밀은 자꾸 잊혀진다. 아니, 잊어버리고 싶어한다는 게 맞는 말일 터, 태어나자마자 미혼모인 엄마에게 버려지는 원초적인 상실을 이미 경험했으면서도 선미는 상실에 익숙해지지 않는다. 그래서 '엄마, 없다' 놀이가 즐거울 수 없다. 본래 가져본 적이 없으니 잃어도 아쉬울 게 없어야 하지만, 반대로 가져본 적이 없기 때문에 상실에 대한 내성이 생길 계제조차 없는 것인지도 모른다.

피를 나눈 부모 자식이었다면 상실의 고통이 덜했을까? 우리는 흔히 혈연으로 맺어진 가족이야말로 다른 어떤 관계보다 공고하며 안정적이라고 생각한다. 특히, 엄마는 자식들에게 언제나 무한한 포용과 위로의 원천으로 여겨진다. 그리하여 다른 모든 관계들이 위태롭게 흔들릴 때도 가족만큼은, 특히 엄마만큼은 그 깊은 불안과 상실감을 품어줄 항구 같은 것이라고 믿는다. 아니, 그러기를 기대하고, 그래야 한다고 요구한다. 김민아의 소설들이 의심을 품는 지점은 바로 이 지점이다. 상실의 고통이 피를 나눈 가족이라고 덜한 것은 아니며, 오히려 그 피가 관계의 블랙홀은 아닌가?

그의 소설에서 핏줄이라는 필연이 얼마나 허약한지는 가족보다 더 가까운 타인의 존재를 통해 선명하게 폭로된다. 〈목욕 친구〉에서 이혼한 전남편의 어머니는 배 아파 낳은 자식들보다도 과거의 며느리였던 선미에게 더 마음을 열고 "제길, 누군 엄마 되고 싶어서 됐냐"고 하소연도 한다. 〈지급명세서〉에서 응급상황에 놓인 사장의 병상을 지키는 것은 평생을 함께 산 부인도, 피붙이도 아닌 경리 지혜이다. 그러나 사장의 병상을 지키는 지혜에게도 오랫동안 찾아보지 못한 치매 걸린 아버지가 있다. 피 한 방울 섞이지 않았으나 더욱 친밀한 그 관계 앞에서 가족이라는 절대적 관계의 운명은 상대화된다. 이 소설집에서 자의적으로 구성된 가족이 혈연으로 형성된 가족 관계와 동등한 비중으로 다루어지는 것은 우연이 아닐 터—〈엄마, 없다〉와 〈비밀번호 2269〉에는 입양 가족의 관계가 등장하고, 〈목욕 친구〉와 〈지급명세서〉에는 법률적으로도 남남인 이들끼리 서로 돌보고 아끼는 관계가 등장한다—김민아는 핏줄을 관계의 든든한 토대라고 생각하는 한국 사회의 관념에 근원적인 질문을 던지고 있는 것이다.

이들의 관계가 핏줄로 이어진 관계보다 친밀하고 안정적일 수 있는 것은 아이러니하게도 그 관계가 핏줄로 맺어져 있지 않기 때문이다. 그 관계가 필연적인 것도 운명적인 것도 아님을 알기 때문에 그 관계를 운명적인 것으로 만들기 위해 서로에게 최선을 다하는 것이리라. 예전의 시어머니, 그때도 남이었지만 지금은 그야말로 이웃집 할머니 정도의 관계밖에 되지 않은 생판 남이 핏줄이라는 이름으로 자신의 의지와 상관없이 강제되는 관계의 고단함을 토로할 때, 선미는 말한다. "날 때부터 엄마가 없었던 저는 사실 지금도 엄마가 무엇인 줄 몰라요. 엄마를 어떻게 대해야 하는지 몰라요. 어머니가 절 편하게 느끼셨다면, 그건 제가 엄마를 괴롭히는 방법을 배운 적이 없기 때문일 거예요."(61쪽) 이 말 속에서 우리는 관계의 절대성에 대한 환상이 없을 때 오히려 윤리적인 관계일 수 있다는 통찰을 엿볼 수 있다.

2. 환상 위에 세워진 관계라는 환상

가족처럼 운명적으로 묶이는 수동적인 관계가 아니라 애당초 독립적인 개체가 만나 맺는 관계는 어떨까? 관계에 대해 선택권을 행사할 수 있을 때 우리는 관계를 보다 성공적으로 이끌 수 있다고 생각한다. 그렇기 때문에 그 선택권의 행사에 신중에 신중을 기하는 것이다. 김민아의 소설들은, 유감스럽게도 그런 관계마저 존재하지 않는다고 말한다. 그것은 선택권의 문제가 아니라 관계 자체의 문제이다. 관계는 언제나 실패하고 미끄러진다.

〈지급명세서〉에서 지혜가 10년 동안 사장을 깍듯하게 모신 것은 다소 성실한 피고용인으로서의 책임감, 그 이상도 그 이하도 아니다. 그러던 그녀가 자신의 사무적인 역할 수행을 그만두고 사장을 아버지처럼 모셔야겠다고 마음먹는 그 순간, 사장은 그에게 청혼을 한다. 마음이 통해도 관계는 어긋난다. 〈민소매 원피스〉에서도 마찬가지이다. 서희가 가장 부끄러워하고 부정하고 싶은 바로 그 모습 때문에 직장 동료인 김 대리는 서희에게 끌리고, 그런 모습을 인정해주는 김 대리 덕분에 서희는 자신을 긍정하고 받아들인다. 그러나 두 개의 선이 가닿으려는 순간, 두 선은 다시 멀어져 영원히 비껴간다.

관계가 이렇게 실패로 끝나는 것은 애초에 관계가 서로에 대한 환상 위에 세워졌기 때문이다. 이를 잘 보여주는 것이 〈껌 두 알〉과 〈굳은살〉에 등장하는 현과 영주의 커플이다. 지방대 캠퍼스 커플이었던 이 연인은 서로에게서 자신이 갖고 있지 못한 것을 보고, 각자는 상대가 자신에게 보고 싶어 하는 모습을 보여주기 위해 자신의 모습을 만들어간다. "작은 일 하

나에도 안절부절못"하는 성격이라고 자책하는 영주는 현의 낙
천주의에 위로받으며 심지어 그를 존경한다(142쪽). 유리처럼
예민한 영주를 보며 현은 "겁 많고 소심한 진짜 내 모습"을 다
잡는다.(161쪽) 가혹한 세상 속에서 신체적 장애를 가진 현이
속절없이 흔들리자 현을 둘러싸고 있던 환상의 베일은 벗겨지
고 영주는 더 이상 현을 "존경"하지 않게 된다. 현도 마찬가지
이다. 영주가 더 이상 "보호해주어야 할 유리그릇이 아니"라는
사실을 깨닫게 되는 것은 그녀가 남임을 깨닫는 순간이기도
하다. 생존을 위한 치열한 전쟁터에 휘몰아치는 바람은 서로에
대한 환상을 벗기고 7년 동안의 사랑이 무색하게 사막에 홀로
서게 만든다.

환상은 실재를 가리며 언제든 신기루처럼 깨어지기 마련이
다. 현실을 대체하기에는 허약하기 그지없는 이 환상은 폭우에
잠겨 보이지 않는 징검다리처럼 관계에 대한 잠재적인 위협이
다. 〈민소매 원피스〉의 '징검다리' 장면은 관계의 이러한 본질
에 대한 훌륭한 비유이다. "서너 시간 전에, 개울을 건널 때만
해도 듬성듬성 놓인 돌은 개울 이편에서 저편으로 우리를 건너
게 해준 고마운 징검다리였다. 우리는 그 돌 위를 토끼처럼 깡
충깡충 뛰며 즐거워했다. 그런데 이제는 그 다리가 흉기가 되
어 물길 아래에 제 모습을 감추고 있었다. 자칫하면 걸려 넘어
질 수도 있었다."(88쪽) 닿을 수 없는 이쪽과 저쪽을 징검다리가
이어주듯, 환상은 두 개의 고독한 섬을 이어준다. 빼빼 마르고

허약한 김 대리에게 장미란처럼 풍만하고 튼튼한 서희는 결핍
의 충족이고 환상의 실현이다. 그가 서희의 풍만한 가슴에 얼
굴을 묻으며 엄마를 떠올린다는 것은 이 관계의 토대가 환상임
을 폭로한다. 병약한 엄마 덕분에 늘 푸근한 모성을 그리워하
던 그는, 사실상 서희와 관계를 맺은 것이 아니라 한 번도 가져
본 적 없는, 따라서 실제로 존재하지 않는, 환상—엄마와 관계
를 맺은 것이나 다름없다.

　여기서 김 대리가 환상과 관계를 맺었다고 하는 것은 그가
꿈꾸는 엄마가 그의 실제 엄마가 아니라는 것만을 의미하지는
않는다. 그의 실제 엄마는 허약하고 신경질적이었으며 그처럼
빼빼 말랐다. 그가 꿈꾸는 엄마는 그의 실제 엄마와 닮은 데가
하나도 없다. 그런 의미에서 그가 꿈꾸는 엄마는 환상이다. 그
렇다고 해서 그가 꿈꾸는 엄마가 이웃집 철수네 엄마나 영희네
엄마 같은 다른 누구의 엄마도 될 수는 없다. 〈엄마, 없다〉나
〈목욕 친구〉에서 시사하듯, 엄마는 아이들이 기대하는 것처럼
그렇게 전적으로 온전히 아이들에게 온 존재를 걸지 않는다.
선미의 예전 시어머니처럼 어머니들은 때때로 자신의 자식들
을 지긋지긋한 족쇄로 생각하고(〈목욕 친구〉), 자식을 자기 행
복의 도구로 삼기도 한다.(〈엄마, 없다〉) 따라서, 김 대리가 머릿
속으로 그리는 그런 엄마는 어디에도 존재하지 않는다. 사회적
담론이 만들어놓은 환상일 뿐이다. 그가 환상과 관계를 맺었다
고 할 때는 이러한 의미도 포함되어 있다.

262

여기에는 더 복잡한 기제가 있다. 선미의 양모는 선미에 이어 남자아이를 입양하기로 하면서 "저 아이가 얼마나 사랑스럽고 예쁜지 키우는 3년 내내 아주 행복했어요. 딸만 셋을 키우다 보니 아들 키우는 재미도 느껴보고 싶더라고요"(21쪽)라고 말한다. 여기에서 우리는 선미의 양모가 아이를 입양하고 돌보는 것이 이타적이기만 한 것은 아님을 알 수 있다. 이는 선미도 마찬가지다. "엄마가 원한다면 유치원에 갈게요"(18쪽)라고 말하지만 그것은 엄마를 위한 것만은 아니다. 엄마가 원하는 모습이 됨으로써(엄마의 환상이 됨으로써) 엄마라는 환상을 지키기 위한 것이다. 폭력을 휘두르는 남편 곁을 떠나지 못하면서 "정상이 아닌 남편을 돌봐줄 사람도 자신밖에 없다"고 말하는 피해 여성들도 마찬가지다.(188쪽) 사랑이라는 이름 뒤에는 자기만족이 있으며, 이타심의 모습을 띤 이기심이 숨어 있다. 관계는 환상 위에 세워지는 것이라고 말할 때 함께 고려해야 할 점이다.

이처럼 우리가 관계 맺는 대상은 실제 그 대상과 정확히 일치하지 않는다. 그런 것은 애당초 불가능하다. 징검다리 없이 개울을 건널 수 없듯, 환상 없이 서로에게 닿을 수 있는 방법을 우리는 알지 못한다. 그렇게 우리는 우리를 바라봐주는 시선을 통해 나를 받아들이고 나를 사랑하게 되며, 그 시선이 사라지면 나를 잃는다.

3. 관계의 배후에는 무엇이 있는가

모든 관계가 실패로 끝날 수밖에 없는 또 다른 이유가 있다. 하나의 관계는 그 배후에 복수의 관계들을 거느리고 있다는 점이다. 서희에 대한 김 대리의 욕망에는 어머니와의 관계가 흔적으로 남아 있고, 영주에 대한 현의 욕망에는 어릴 적 이웃에 살던 소녀에 대한 잔상이 남아 있다. 사장에 대한 지혜의 헌신은 아버지에 대한 부채 때문이며, 새터민 철구가 새로 월남한 이북의 동포들 일에 발 벗고 나서는 것 역시 북에 혼자 두고 온 아버지와의 관계 때문이다. 그리고 똑같은 이유로 금옥은 동포들을 외면한다.

이는 물론 모든 관계가 환상 위에 세워지고, 또 그 때문에 실패한다는 말로 설명될 수도 있는 것이다. 그럼에도 굳이 관계들의 흔적이라고 바꿔 말하려는 것은 관계의 복수성 또는 동시성을 강조하기 위해서이다. 어떠한 관계도 배타적이거나 독점적일 수 없다. 모든 관계의 배후에는 여러 겹의 관계들이 교차한다. 우리는 그 모든 관계들이 교차하는 하나의 점이다. 이것이 〈선생님이라면 어떻게 하겠어요?〉와 〈경혈〉, 그리고 〈롤러코스터〉가 직접적으로 다루고 있는 문제이다.

여성문제 상담소에서 상담을 하는 영아, 이주민에게 한국어 교육 봉사를 하는 남편 지민, 그리고 그에게 한국어를 배우는 새터민 금옥이 이 세 에피소드를 이끌어간다. 부부와 한 여자로 이루어진 이 관계는 진부한 삼각관계 혹은 불륜에 관한 이야기를 낳을 수밖에 없다. 그러나 김민아는 이 소설들을 통해 일부일처제의 태생적 한계를 폭로하거나 세상의 모든 사랑은 그 자체로 의미 있다는 식의 낭만을 보여주지 않는다. 굳이 말하자면 그 두 생각이 만나 충돌하는 지점을 조망한다.

지민은 아내인 영아에게 "태양" 같은 존재이다.(251쪽) 그는 또한 새터민 금옥에게 "숲에 들어온 것 같은 푸근함"(220쪽)을 주는 존재이며 "어둡고 깊은" 그녀를 "지켜주는 등대" 같은 존재다.(226쪽) 문제는 이 동시성이다. 그는 금옥에게'는' 등대 같은 존재이고 영아에게'는' 태양 같은 존재일 수 있지만 동시에 등대이면서 태양일 수는 없다. 일부일처제는 이 동시성을 인정하지 않는다. 그러나 알 만한 사람들은 관계의 동시성이란 불가피할 뿐만 아니라 그것을 구획짓는 것은 근대의 제도적 산물일 뿐이라고 말한다. 어떤 면에서 그것은 사실이기도 하다. 엄마는 나의 엄마이기만 한 것은 아니다. 나의 엄마는 나의 아빠의 아내이자, 그녀 엄마의 딸이고, 그녀 시어머니의 며느리이다. 동시에 학교 선배의 후배이고, 어떤 남자의 첫사랑이었을 것이며 어떤 여자의 흠모의 대상일지도 모른다. 나와 엄마의 관계 속에서는 이미 그 무수한 관계들이 교차하고 있다.

남편의 외도로 찾아온 내담자에게 상담을 해줄 때만 해도 영아 역시 그런 생각을 가졌던 것 같다. "사회적으로 용인되는 정도가 다를 뿐 모든 사랑은 그 자체로 고귀하다"(179쪽)는 생각은 관계의 동시성을 인정하는 말이기도 하다. 그녀가 내담자에게 이성적이고 중립적인 조언을 해줄 수 있었던 가장 큰 이유는 상담 교육을 받았기 때문이겠지만, 이처럼 관계의 동시성에 대한 관용적인 태도를 갖고 있었기 때문이기도 하다.

그러나 영아가 간과한 것이 있다. 관계의 동시성에는 어떠한 예외도 있을 수 없다는 사실. 자신 또한 보이지 않는 무수한 관계들의 그물망 위에 자리 잡은 한 점에 불과하다는 사실. 자신이 내담자와 동일한 상황에 처해 있다는 사실을 알게 되었을 때, 영아의 반응은 내담자의 것과 정확히 일치한다. 그 역시 내담자와 마찬가지로 "사실" 따위는 안중에 없다. 심지어 내담자가 했던 말—"당신 지금 그년한테 홀린 거라고"(199쪽)—을 그대로 내뱉는다. 자신의 남편을 걱정하는 직장 동료에게 "그럴 인물이 못 돼"라고 자신 있게 했던 말도 내담자가 자신의 남편을 일러 한 말이다.

관계의 동시성은 관계를 위태롭게 한다. 핏줄이니, 시간이니, 영혼이니 들먹이며 무수한 관계들 가운데 몇몇 관계에 특별하고 독점적인 지위를 부여하는 것도 알고 보면 관계의 이와 같은 동시성에 대한 본질적인 불안 때문이다. 그것은 일시적이나마 효과를 갖는다. 그러나 영원히 효력을 발휘하는 것은 아니다.

4. 흘러라, 관계

김민아 소설의 특징 중 하나는 옴니버스 형식을 취하고 있다는 점이다. 그 덕에 이 소설집에는 주변인이 없다. 물론 재현적인 차원에서는 입양아, 지방대생, 경리, 뚱뚱하고 별 볼일 없는 여자, 장애인, 수습사원, 이혼녀, 홀로 사는 노인, 청소 노동자, 취업준비생 등 대부분이 주변인이다. 사회에서는 주변인일지 모르는 그들이지만 김민아의 소설에서만큼은 그렇지 않다. 그들은 잠시 등장했다가 사라지는 엑스트라가 아니다. 여기에 실린 에피소드 각각은 여느 단편들과 마찬가지로 두서너 명의 한정된 인물들을 중심으로 이야기를 풀어나간다. 그러나 주변의 사소하고 눈에 띄지 않는 것에게까지 시선을 보내는 친절한 카메라처럼 이 소설은 주인공 곁을 지나가는 행인, 잠시 옆자리에 앉았던 사람들도 세심히 포착한다. 그리고 옴니버스 형식을 취함으로써 이 이야기에서 지나가던 행인이었던 사람을 다른 이야기에서 주인공으로 내세운다.

열한 편의 이야기들은 그 자체로서도 충분하지만 함께 만날 때 충만해진다. 그것은 흡사 관계 같다. 이야기들이 독립된 듯 이어져 있으며, 서로 접속하여 또 다른 이야기를 만들어내듯, 각각의 독립체인 개인과 개인이 만나 이전에는 없던 관계가 생겨난다. 서로 떨어져 있으면 그런대로 완결된 하나이지만 마음을 여는 순간 생겨나는 또 다른 관계.

관계는 생겨난다. 그리고 어느 순간 연기처럼 가뭇없이 풀어질 수도 있다. 관계가 생겨날 때는 필연적이고 운명적이라고 믿는다. 오랜 생을 거슬러 마침내 실현된 예언이라도 되는 양 믿는 것에서 관계는 나아갈 힘을 얻기도 한다. 그러나 그런 믿음이 무색하리만큼 관계는 쉽게 끊어지기도 한다. 그리고 바로 그 풀어진 관계의 끄트머리를 따라 다시 새로운 관계가 싹튼다. 관계가 언제든 새롭게 생겨날 수 있는 만큼 굳건했던 관계도 언제든 사라질 수도 있다는 사실을 받아들이지 못할 때 고통이 찾아온다. 그 고통을 피할 수는 없다. 아니, 그 사실을 받아들이는 과정은 여전히 고통이다. 해님이 지금은 안 보이지만 내일 아침이면 다시 떠오른다는 이야기는 이야기일 때나 해피엔딩이다. 게다가 이 해피엔딩은 지금 눈앞에 있는 것도 언젠가는 사라질 수 있다는 비극을 숨기고 있는 이야기 아닌가. 그렇다면 우리는 어떻게 해야 하는가?

집단 상담 장면을 다룬 〈롤러코스터〉에서 김민아는 관계의 이 비극적인 한계를 견디는 방법에 대한 실마리를 보여준다. 집단 상담은 일상적 관계의 축소판이며, 그런 의미에서 전범적이다. "집단 상담을 할 때 집단원들은 자신을 어디까지 보여줄 것인가를 매순간 고민한다"(250쪽), "집단도 세상만큼 너그럽지 않다"(242쪽), "집단 안에서는 자기 이야기만 하고 다른 사람에게 무관심한 사람도 미움을 받지만, 듣기만 하고 자기 표현을 하지 않는 사람도 표적이 되기 쉽다"(246쪽)와 같은 것은 집단에서의 관계가 세상에서의 관계와 갖는 공통점을 지적한 부분이다. "누구든 스스로 집단에 찾아올 땐 자신을 바꾸고 싶은 의지를 충전하고 온다"(246쪽)는 점, 그리고 집단에는 관계의 흐름을 조망하고 관계에서 생기는 문제를 조정하는 전문가가 있다는 점은 집단 상담에서의 관계를 일상의 관계와 구별지어 주는 특징들이다. 바로 이 차이들로 인해 집단은 다음에서처럼 이상적인 관계에 대한 힌트를 제공하기도 한다. "서로에게 상처를 입히지 않으면서도 각자의 문제를 끄집어내도록 돕고 있다. 한 사람이 힘들다고 느끼면 다른 집단원이 거들면서 상황을 정리해나간다. 모든 리더들은 상황을 스스로 해결하며 깊어지는 집단을 만나길 원하는데, 이 집단이 그런 모습을 보여주고 있다. 리더의 도움 없이도 상생하는 역동을 보여주고 있다."(252쪽)

이렇게 이상적인 집단에서 영아와 금옥은 만난다. 결코 만나서는 안 될 이 두 여인은 그러나 상담자와 내담자라는 역할에 가려져 상대를 알아보지 못한다. 그런 채 그들은 서로의 소망을 위해 기원한다. 아니, 그렇기 때문에 서로의 아픔을 공감하고 소망을 기원해줄 수 있었다는 게 더 정확하다. "그분이 돌아오길 저도 바랄게요. 이건 저 자신에게 하는 말이기도 해요", "고맙습니다. 선생님 바람도 이루어지길 바랄게요."(253쪽) 여기에서 또 새롭게 생겨나는 관계. 그러나 이 소망은 현실에서 이루어질 수 없다. 소망한다고 그가 돌아오는 것도 아니며 무엇보다 그 소망은 동시적으로 실현될 수 없다. 한편에서 성

취하면 다른 편에서는 좌절된다. 소망하는 것조차 오로지 이 집단 안에서만 가능하다. 그런 점에서 이러한 화해는 낭만적이다. 이 부분이 이 소설의 마지막이자 이 소설집 전체의 마지막 장면임을 고려하면, 김민아가 11편의 소설을 통해 말하고자 한 것은 관계의 비극적 낭만성, 혹은 낭만적 비극성이라고 할 수 있을 것이다.

그러나 그렇게 끝내기 전에 생각해보아야 할 것이 한 가지 더 있다. 과연 이 집단 안에서나마 이처럼 화해와 공감이 가능한 것은 무엇 때문인가? 혹시라도 그것을 우리의 일상적 관계에서 참조할 수는 없을까?

열쇠는 바로 집단 내에 보장된 익명성에 있다. 그들은 상대가 누구인가가 아니라 어떤 처지에 있느냐, 어떤 소망과 고통을 갖고 있느냐에 주목한다. 그들은 서로를 특정한 좌표 위에 붙박혀 있는 존재로 보지 않는다. 말하자면 모든 사회적 지위와 역할을 삭제한 채 흐르는 관계 위에 떠 있는 불안한 존재로 이해한다. 물론 상담자와 내담자라는 역할로 만나지만 그 역할은 오히려 그들의 익명성을 보장해준다. 이 익명성은 그들의 존재를 사장시키기는커녕 역설적이게도 오히려 선명하게 부각시킨다. 그리하여 제도와 관념이 만들어놓은 견고하게 구획되고 재단된 관계의 틀을 비집고 흘러나오는 서로의 고유성을 보게 된다. 공감과 위로, 그리고 새로운 관계는 이렇게 시작한다. 국밥집 아주머니가 대학에서 임금투쟁을 하는 청소용역 할

머니를 보며 함께 눈물을 흘리는 것도, 텅 빈 사무실에서 혼자
훌쩍이고 있는 인턴에게 정규직인 영주가 껌 두 알을 건네는
것도 견고한 제도적 표지들에 갇혀 고름처럼 흘러나오는 그들
의 존재를 보았기 때문이다.

그렇다면 우리는 이 마지막 장면이 그저 낭만적인 아이러니
로 관계의 문제를 봉합한 것에 불과하다고 말할 수 없다. 이
장면은 서로를 고통과 소망과 상처가 소용돌이치고 있는 낯선
타자로 마주하는 것, 그의 한가운데를 무수한 관계들이 관통하
고 있음을 직시하는 것, 그처럼 흐르는 관계 위의 흔들리는 하
나의 점이라는 사실을 인정하는 것, 그것이 바로 관계의 윤리
가 비롯되는 출발점이라는 통찰을 보여준다. 이 소설집에 표현
된 관계에 대한 구절을 빌어 말하자면, 진정한 관계는 변화무
쌍한 바다 위에 마침내 평온을 찾는 배가 아니라(194쪽) 오히려
그 배를 흐르게 하는 조류, 또는 영아가 남편에게서 느꼈던 그
바람,—"바람이 분다. 그가 바람을 몰고 왔나? 아니, 그가 바람
인지 바람이 그인지 분간할 수 없다"(199쪽)—인지도 모르겠다.

겨울, 새벽 5시. 졸린 눈을 비비며 책상 앞에 앉으면 바깥의 냉랭한 기운이 몸으로 스며듭니다. 따끈한 찻잔을 손에 쥐고 몸에 온기가 돌기를 기다립니다. 그러면 아주 천천히 감각이 열립니다. 그때부터는 등을 곧추세우고 글을 썼습니다.

태어난 순간부터 엄마가 그리웠던 여자, 그저 사랑이 많았던 여자, 타인의 시선에 갇힌 여자, 늘 다치는(닫히는) 여자, 마냥 웃는 여자, 기다리는 여자, 떠날 준비를 하는 여자……. 순서를 정해둔 것도 아닌데 차례차례 다른 여자들이 제게 찾아왔습니다. 와서, '소설 같은' 이야기를 들려주었습니다. 저는 그냥 일기 쓰듯 열심히 써나갔습니다. 한 자도 놓치지 않으려고 주의를 기울여 적다 보니 그녀들이 돌아가고 난 뒤 들여다보면 늘 사족이 많았습니다. 어느 것도 빼기가 싫었습니다. 모두 제 이야기가 되어버린 탓입니다. 조금씩 처지가 다를 뿐, 그녀들의 이야기는 모두 제 이야기이고, 이 시대를 살아가는 많은 여자들의 이야기입니다.

읽기를 좋아할 뿐 이름을 내놓고 소설을 쓰는 일은 다른 이들의 영역이라고 생각했습니다. 부족하지만, 많은 분들의 도움으로 여기까지 왔습니다.

나의 '동기'와 '선택'을 늘 지지해주는 함께 사는 동무, 건조하고 슬픈 이야기 안에서도 다정함과 따뜻함을 찾아내준 친구들, 무얼 쓰는지 모르면서 딸을 '작가'라고 불러주시는 부모님, 두 권의 책을 함께 만들며 좋은 친구가 된 끌레마, 마지막으로 새벽마다 정신에 온기를 불어넣어 준 바흐와 바로크 음악가들. 모두 고맙습니다. 즐거운 여행이었습니다.

김민아

엄마, 없다

초판 1쇄 인쇄 2011년 5월 25일
초판 1쇄 발행 2011년 6월 7일

지은이•김민아

발행인•양문형
편집인•구길원
편집장•탁윤희
디자인•장미화

펴낸곳•클레마
등록번호•제313-2008-31호
주소•서울시 마포구 성산1동 253-1번지 성산빌딩 4층
전화•02-3142-2887   팩스•02-3142-4006
이메일•yhtak@clema.co.kr

ⓒ 김민아, 2011. Printed in Seoul, Korea

ISBN 978-89-94081-12-0 (03810)